Diogenes Taschenbuch 24589

de
te
be

MARTIN SUTER, geboren 1948 in Zürich, arbeitete bis 1991 als Werbetexter und Creative Director, bis er sich ausschließlich fürs Schreiben entschied. Seine Romane – zuletzt erschien *Elefant* und *Allmen und der Koi* – sowie seine *Business Class*-Geschichten sind auch international große Erfolge. Martin Suter lebt mit seiner Familie in Zürich.

Website des Autors: www.martin-suter.com

Martin Suter

Allmen und der Koi

ROMAN

Diogenes

Die Erstausgabe erschien 2019 im Diogenes Verlag

Für Toni

Veröffentlicht als Diogenes Taschenbuch, 2021

www.diogenes.ch
400/21/852/1
ISBN 978 3 257 24589 9

Carlos atmete.

Er trug eine Sauerstoffmaske, und der Schlauch einer Infusionsflasche führte in seine Armbeuge. Kabel eines EKGs waren an seinem Körper befestigt und eine Sauerstoffklemme an seinem Zeigefinger. Am linken Oberarm trug er die Manschette eines Blutdruckmessgeräts. An der Seitenwand des Krankenwagens blinkten digitale Anzeigen. Ein Sanitäter saß auf dem zweiten Stuhl und überwachte den Patienten und seine Überwachungsgeräte.

Jetzt öffnete Carlos die Augen ein bisschen, sah Allmen, brachte so etwas wie ein Lächeln zustande und schloss sie wieder.

Das Blut war aus seinem Gesicht gewichen, was seiner Hautfarbe einen Stich ins Gelbliche gab. Er trug einen Kopfverband, der auch das rechte Ohr umfasste. An zwei Stellen drang etwas Blut durch das Textilgewebe.

Es herrschte Discoverkehr auf der Autobahn.

Viele Taxis und Mopeds waren unterwegs, die dem Krankenwagen trotz Sirene und Blaulicht kaum Platz machten.

»Gleich sind wir da«, sagte Allmen immer wieder, »gleich!«

Carlos' Blutdruck war sehr niedrig, und die Herzstromkurve sah unregelmäßig aus. Der Pfleger wurde nervös. Er zog eine Spritze auf und machte eine Injektion in Carlos' freien Oberarm. Dann telefonierte er. Allmen entnahm dem Gespräch, dass Carlos' Zustand kritisch war. Der Pfleger bat wiederholt eindringlich, dass man ein Team zum Notfalleingang schickte und den Patienten abholte.

Allmen nannte mehrmals Carlos' Namen, aber sein Partner war jetzt nicht mehr ansprechbar.

Erster Teil

1

Er wusste nicht, wohin die Reise ging, aber er hätte sich etwas Exotischeres gewünscht.

Die Dassault Falcon 2000LXS hätte ihn locker nach Rio, Windhoek oder Bombay geflogen, und er hatte seine Reisegarderobe auch solchen Destinationen angepasst. Deshalb war er etwas enttäuscht, als die japanische Flugbegleiterin ihn schon wieder darauf aufmerksam machte, dass sie den Sinkflug begonnen hätten. Sie waren kaum mehr als eine gute Stunde unterwegs gewesen.

Allmen erhob sich von dem Sofa, auf dem er es sich bequem gemacht hatte, und ging zu einem der breiten Ledersitze, wo er auch während des Starts gesessen hatte.

Er brauchte sich nicht zu bücken, der Passagierraum war beinahe eins neunzig hoch. Er hatte normalerweise zehn Sitzplätze, aber bei dieser Ausführung waren es nur vier. Der Rest wurde gebraucht für einen mit feinen Bambuslamellen abgetrennten Schlafraum.

Auch sonst war der Passagierraum japanisch eingerichtet. Die neun Fenster besaßen Shoji-Jalousien, der Boden war mit Tatami-Matten ausgelegt, die Tische mit kostbarem Urushi-Lack behandelt, und die goldenen Tapeten an den Wänden waren mit bunten Zierfischen bemalt.

Auch die Galley und der kleine Raum für die Flugbegleitung waren im japanischen Stil gehalten. Allmen fiel auf, dass Bad und Toilette behindertengerecht ausgestattet waren, mit Wandklappsitz in der Dusche und überall Klappgriffen.

Eine weitere Ungewöhnlichkeit in der Ausstattung dieses Privatjets war die Musikanlage. In der ganzen Kabine waren Ultra-High-End-Lautsprecher eingelassen, die das Geräusch der ohnehin leisen Triebwerke spielend übertönten und eine Klangqualität boten, wie sie Allmen selten gehört hatte.

Allmens geheimnisvoller Gastgeber war vielleicht ein behinderter japanischer Musikfreund.

Vor zwei Tagen kam der Anruf einer gewissen Frau Kellerhals von Koller, Bertram und Schmidbauer. Sie wollte María nicht verraten, worum es sich handelte, und bestand darauf, mit dem Inhaber, Herrn von Allmen, verbunden zu werden.

María versprach einen Rückruf in zwei Stunden, denn Herr von Allmen befinde sich in einer externen Besprechung. In Wirklichkeit lag er noch im Bett. Es war morgens um halb neun.

Am nächsten Tag um zehn sprach Allmen in der Kanzlei vor, die drei ganze Etagen eines Hauses aus den Gründerjahren in bester Lage an der Bahnhofstraße einnahm. Er wurde von Frau Kellerhals über ein poliertes knarrendes Parkett in einen mit Vintage-Designermöbeln eingerichteten Salon geführt, wo man ihn ein wenig warten ließ und schließlich zu Dr. Bertram führte.

Dr. Bertram war ein kleiner, hagerer Mann von etwa fünfzig. Er trug einen – nach Allmens Urteil – englischen Maßanzug, in dessen handgesäumtem Knopfloch die winzigste Version des Rotarierabzeichens steckte.

Es dauerte einen Moment, bis er sich von seinem Bildschirm losreißen konnte, die Lesebrille abnahm, sich erhob, Allmen begrüßte und zu der Corbusier-Sitzgruppe führte, über der ein Ölbild von Cuno Amiet hing, ein Gehöft in einer bunten Sommerlandschaft.

Frau Kellerhals hatte offenbar Anweisungen, dem Besucher nichts anzubieten, und verließ das Büro.

»Wie flexibel sind Sie?«, fragte Dr. Bertram.

»In welcher Hinsicht?«

»In zeitlicher.«

Allmen war momentan äußerst flexibel, die Auftragslage von Allmen International Inquiries war angespannt und das seit, nun ja, nicht erst gestern. »Wir versuchen, uns in puncto Flexibilität nach Möglichkeit situativ den Bedürfnissen unserer Mandantschaft anzupassen«, erwiderte Allmen.

Dr. Bertram nickte. »Sehr gut. Die Situation würde nämlich Ihre sofortige Abreise und temporäre Ortsabwesenheit erfordern.«

»Sofortige?«

»Morgige.«

»Wohin?«, erkundigte sich Allmen.

»Das beträfe dann den zweiten Punkt, für den Ihre Flexibilität erforderlich wäre: Ich kann Ihnen das Ziel aus Diskretionsgründen nicht nennen.«

»Verstehe.«

»Richten Sie sich für einen Aufenthalt in südlichen Wetterverhältnissen ein. Und sehen Sie garderobenmäßig auch etwas für den Abend vor. Wie berechnen Sie Ihre Dienste?«

Allmen hatte gehofft, dieses Thema komme nicht zur Sprache, aber er hatte Carlos und María versprochen, ihm nicht auszuweichen. So gab er denn nach kurzem Zögern die Antwort, die sie mit ihm eingeübt hatten: »Die Agentur verrechnet eine Tagespauschale und im Falle eines Erfolgs eine Erfolsprämie.«

Dr. Bertram wartete.

Allmen hatte auch die Zahlen geübt, aber er tat so, als wüsste er nicht, worauf Bertram wartete.

»In welcher Höhe«, half dieser schließlich etwas gereizt nach.

»Zweitausend«, ließ Allmen möglichst beiläufig verlauten.

Dr. Bertram machte sich eine Notiz mit der Nonchalance eines Mannes, dessen Tage ein Vielfaches davon kosteten. »Plus Spesen, nehme ich an.«

Allmen konnte nicht umhin zu antworten: »Davon gehe ich aus, aber das Pekuniäre überlasse ich offen gestanden dem Accounting. Es wird sich mit Ihnen in Verbindung setzen.«

»Aber die Höhe der Erfolgsprämie dürfte Ihnen bekannt sein.« Dr. Bertrams Stimme besaß nun einen ironischen Unterton.

»Zwanzig Prozent des Wertes des Wiederzubeschaffenden«, sagte Allmen leichthin und wechselte im selben Atemzug das Thema. »Haben Sie eine Ahnung, wie lange die Ortsabwesenheit dauern könnte?«

Dr. Bertram hatte sich eine weitere Notiz gemacht und sah nun auf. »Das liegt ganz an Ihnen, Herr von Allmen.«

Er sah aus dem Fenster auf das wirre Muster der Gischtspuren, die die Speedboote in das Meer zogen. Bald würde die Küste zu sehen sein. Von Korsika? Sardinien? Sizilien? Malta? Mallorca? Ibiza?

Das tiefe Blau des Meeres hellte sich auf, wurde smaragdgrün und transparent, dunkle Algenbänke waren zu erkennen und schwarze Riffe. Dann von gelben Sandstränden gesäumte Klippen, von weißen Kuben gescheckt.

Allmen wusste jetzt, wo er sich befand. Er sah die Bucht von Talamanca mit ihrem vollbesetzten Jachthafen, den Hafen, die Zitadelle, die Hotelkästen und überfüllten Strände von Figueretes und Playa d'en Bossa, den knallblauen Wasserpark, die rotbraunen Felder: Sie landeten auf Ibiza.

Der Pilot setzte ganz am Anfang der Landepiste auf und bremste so stark ab, dass es ihm noch reichte für die Abzweigung, die zum Vorfeld führte, an dem der kleine Terminal der General Aviation lag.

2

Es roch immer noch gleich im Terminal der General Aviation von Ibiza: nach feuchtem Mörtel.

Das letzte Mal war er in Freddy Turnbills angejahrter Hawker Beechcraft hier gelandet, einer gemütlichen, immer etwas muffigen Turboprop-Maschine, mit der ihn sein alter Schulfreund hatte abholen lassen.

Er kannte Freddy aus der Zeit der Charterhouse School und hatte ihn seither nie mehr ganz aus den Augen verloren. Sein Vater, George Turnbill, war ein Ibiza-Pionier gewesen. Er hatte in den sechziger Jahren auf einem bewaldeten Hügel eine große Finca gekauft und ein paar umliegende Hügel dazu. Freddy, der einzige Erbe, hatte das Anwesen geerbt und verbrachte dort einen Teil des Sommers. Den Rest des Jahres verteilte er auf die anderen Liegenschaften der internationalen Sammlung seines Vaters.

Ein alter Mann fuhr einen Gepäckwagen mit Allmens Koffern heran und lud sie auf das Förderband der Sicherheitskontrolle. Es waren viele Stücke. Allmen hatte zwar nur das Nötigste eingepackt, aber Allmen hatte nun einmal mehr nötig als andere Leute.

Eine junge Frau in der Uniform der Guardia Civil schwatzte, ohne auf den Bildschirm zu achten, mit einem hochgewachsenen athletischen Mann in schwarzer Hose und enganliegendem schwarzem T-Shirt. Er gab wortkarge Antworten und lud dabei beiläufig das durchleuchtete Gepäck vom Laufband wieder auf den Gepäckwagen.

Erst als das letzte Stück auf dem Wagen lag, blickte er Allmen an, kam auf ihn zu und begrüßte ihn. »Mein Name ist Bajrush. Ich bringe Sie zu Mister Garrett.«

Allmen folgte ihm. Der alte Mann mit dem Gepäckwagen kam nach.

Die Sonne brannte auf den fast leeren Parkplatz vor dem Terminal. Bajrush griff in die Hosentasche, und der Kofferraumdeckel einer weißen Limousine sprang auf. Als sie sie erreicht hatten, begann der alte Mann, Allmens Gepäck in den Kofferraum zu laden. Bajrush öffnete die Fahrertür und startete den Motor, dann schlug er die Tür wieder zu. Allmen nahm an, er habe die Klimaanlage eingeschaltet.

Der Kofferraum war zu klein für Allmens Gepäck, die beiden Männer mussten zwei Koffer auf dem Beifahrersitz verstauen.

Allmen steckte dem alten Mann einen Fünfzig-Euro-Schein zu und bekam ein zahnloses Lächeln geschenkt. Dann sank er in die weißen Lederpolster des Maybach. Die auf die Höchststufe eingestellte Klimaanlage hatte bereits einen angenehmen Temperaturunterschied zu draußen hergestellt.

Auf der vierspurigen Flughafenstraße staute sich der Hochsaisonverkehr. Bajrush brauchte eine halbe Stunde, bis er endlich den Kreisverkehr in

Richtung Ibiza-Stadt erreicht hatte. Dort wählte er die Straße nach Norden. Der Verkehr wurde etwas flüssiger.

Nach etwa zwanzig Minuten auf der Hauptstraße bog Bajrush in ein unmarkiertes geteertes Sträßchen ein. Es führte sie über viele Kurven vorbei an Trockenmauern, Feldern mit Johannisbrotbäumen, fast kahlen Mandelbäumen und silbergrün glänzenden Olivenbäumen auf einen Hügel hinauf. Sie durchquerten ein schmales Pinienwäldchen, und als die Limousine dessen Schatten verließ, waren sie auf der Hügelkuppe angekommen. Auf ihr stand ein halbes Dutzend kalkweißer kubischer Gebäude. Weit unten lag still und mächtig das Meer.

Der Maybach fuhr auf das große Anwesen zu. Ein Gittertor öffnete sich und gab den Blick frei auf ein Pförtnerhaus, aus dessen Tür ein junger Mann trat und die Limousine durchwinkte. Sie bogen in eine Palmenallee ein, die in eine Vorfahrt mündete. Aber Bajrush fuhr am Eingang des größten Hauses vorbei und hielt vor einem kleineren Gebäude.

Ein Mann kam auf den Wagen zu und öffnete die Wagentür für Allmen. Er war gleich gekleidet wie der Pförtner, weiße Hosen und marineblaues T-Shirt mit der Aufschrift »Can Pes«. Wie ein Mitglied der Crew einer Jacht. Er begrüßte ihn auf Englisch und führte ihn ins Haus.

Die Räume waren weiß. Weiße Wände, weiße Decken, weiße Böden. Sie waren sparsam möbliert mit ausgesuchten ibizenkischen Antiquitäten und auf unter zwanzig Grad gekühlt.

Sein Begleiter öffnete eine weiße Tür zu einem Wohnraum mit weißen Polstermöbeln. Deckenhohe Schiebefenster gaben den Blick frei auf einen palmenbestandenen Vorgarten. Eine Verbindungstür führte zu einem Schlafzimmer mit einem zwei auf zwei Meter großen Bett und den gleichen Schiebefenstern wie im Wohnzimmer. Das En-Suite-Bad besaß ein Jacuzzi und eine Outdoor-Dusche im Schatten einer kleinen Gruppe Washington-Palmen.

Zwei Männer brachten das Gepäck und verließen das Appartement mit Allmens Begleiter. Kurz darauf klopfte es, und Bajrush betrat den Raum. »Bitte halten Sie sich um siebzehn Uhr bereit, ich werde Sie abholen und zu Mister Garrett bringen.«

»Indoor?«, fragte Allmen.

»Outdoor.«

»Formell?«

»Casual«, antwortete Bajrush. »Brauchen Sie Hilfe mit dem Gepäck?« Er schien überrascht, als er ein Ja zur Antwort bekam.

Allmen setzte sich in einen der Sessel aus Schlagsahne und schaute dem Hünen zu, wie er einen Koffer nach dem andern öffnete und seinen Inhalt etwas unbeholfen in die Schränke räumte. Als er den ersten Anzug aus seinem Kleidersack nahm, bat Allmen: »Glauben Sie, Sie könnten das ein wenig aufbügeln lassen?«

Bajrush nahm ein kleines Walkie-Talkie vom Gürtel und sprach einen leisen kurzen Befehl hinein. Kurz darauf brachte einer der Helfer einen fahrbaren Garderobenständer. Bajrush hängte die acht Anzüge daran, und sie wurden weggebracht.

Allmen blickte dem fahrenden Garderobenständer besorgt nach. Er hätte sich nur einen Teil seiner Garderobe aufbügeln lassen sollen. Normalerweise hätte er sich jetzt frischgemacht und umgezogen.

3

Allmen öffnete die hohe Glastür zum palmenbestandenen Vorgarten. Heiße Luft vermischte sich mit der fast kalten des Zimmers. Er trat hinaus. Ohne Jackett und Krawatte und mit hochgerollten Hemdsärmeln.

Die Sonne brannte unerbittlich auf die windstille, ausgetrocknete Insel herunter. Er war froh um seinen federleichten, zusammenrollbaren Panama. Und – wenn er ehrlich war – um die seltene Gelegenheit, einen Hut tragen zu dürfen. Er besaß eine Sammlung ausgesuchter Hüte, die er auf seinen Reisen überall in der Welt zusammengekauft hatte, in der Hoffnung, dass Hüte für den Mann wieder in Mode kamen. Aber bis jetzt hatte er zu seinem Bedauern erst das Comeback der gleichmacherischen Bärte erlebt.

Es war still. Nur die Zikaden vom nahen Pinienwald waren zu hören und das gelegentliche Plätschern, wenn er an einer Palme vorbeikam, in deren Bewässerungsfurche Wasser aus einem Schlauch floss.

Die Vegetation war tropisch. Keine der heimischen Pflanzen wie Mandel-, Oliven-, Johannisbrot-, Orangen- und Zitronenbäume, sondern Hibiskus, Tiaré, Frangipani, Guave, Elefantenohren, Riesenfarne, Kokospalmen und eine ganze Sammlung exotischer Palmen. Alles, was wächst bei viel Sonne, genug Wasser und Temperaturen, die nie unter null sinken.

Allmen wollte das Anwesen erkunden und danach die Zeit, bis seine Anzüge aufgebügelt waren, mit etwas Lektüre verbringen.

Vor dem Hauptgebäude, abgeschirmt durch eine blühende Hibiskushecke, lag ein Pool von olympischen Dimensionen. Sein überlaufender südlicher Rand verlor sich in der Unendlichkeit des Meeres.

Allmen setzte sich in einen weißen Korbsessel unter einem noch weißeren Sonnenschirm am Poolrand und zog das Paperback, das er gerade las, aus der Jacketttasche, *Panikherz* von Benjamin von Stuckrad-Barre.

Das Zirpen der Zikaden hörte abrupt auf, als hätte eine höhere Macht den Befehl dazu gegeben.

Allmen vertiefte sich in die Lektüre.

Er wusste nicht, wie lange er gelesen hatte, als er das Geräusch von Schritten hörte, etwas schlurfend, wie von Schlappen.

Er sah auf. Am schmalen Ende des Pools stand eine junge Frau mit schwarzglänzendem geradem Haar. Sie trug einen bunten, fast bodenlangen Sarong, und ihr Oberkörper war entblößt. Sie sah aus, als wäre sie einem Gemälde von Paul Gauguin entstiegen.

Sie beachtete ihn nicht, und Allmen vermutete, dass sie sich seiner Anwesenheit nicht bewusst war.

Er erhob sich von seinem Korbsessel, wandte sich diskret ab und wartete eine Weile, um ihr die Gelegenheit zu geben, sich zu bedecken.

Als er sich wieder umwandte, stand sie nackt am Poolrand, blickte kurz zu ihm herüber und sprang geschmeidig mit einem Kopfsprung ins türkisfarbene Wasser. Mit fast lautlosen Kraulzügen glitt sie an ihm vorbei.

Allmen setzte sich wieder und versuchte, sich auf seine Lektüre zu konzentrieren.

Aber er ertappte sich dabei, dass er ihre Bahnen zählte. Und dabei, dass er nach dreißig über den Buchrand schielte und zusah, wie sie aus dem Pool stieg und, ohne sich abzutrocknen, mit ausgebreiteten Armen begann, den Pool zu umrunden.

Er wusste nicht, ob er aufstehen oder sitzen bleiben sollte. Als sie ihn fast erreicht hatte, beschloss er, dass sitzen bleiben diskreter sei.

Und aufschauen höflicher als weiterlesen.

Allmen blickte auf und sah sie an.

Noch immer hatte sie die Arme ausgebreitet. Auf ihrer braunen Haut glitzerten nur noch vereinzelte Wassertropfen.

Er nickte ihr zu.

Sie nickte nicht zurück, sah ihm aber kurz in die Augen und lächelte.

Allmen fühlte sich ermutigt, ihr nachzuschauen.

Sie ging weiter, blieb kurz vor der Hibiskushecke stehen, riss eine Blüte ab, steckte sie sich hinter das rechte Ohr und schlenderte weiter bis zu der Stelle, wo ihr Sarong am Boden lag. Sie bückte sich, hob ihn auf, schlang ihn routiniert um die Hüfte und verschwand im Schatten dichtgepflanzter niedriger Palmen, die einen schmalen Weg säumten.

Allmen widmete sich wieder seiner Lektüre. Noch immer hatte er Mühe, sich darauf zu konzentrieren.

4

Als Allmen zurück ins Zimmer kam, hing seine Garderobe in den Schränken. Er duschte und zog einen Anzug aus sehr leichter khakifarbener Baumwolle an, dazu ein weißes Leinenhemd mit offenem Kragen. Acht Stück hatte er davon mitgebracht, Leinen knittert so rasch.

Punkt siebzehn Uhr holte Bajrush Allmen ab. Er führte ihn auf einem kurvigen, leicht abfallenden Weg durch einen Palmenhain zu einer Plattform, auf der ein weißer Golfcart geparkt war. Sie kamen an einer Treppe vorbei, die zu einer Eisentür hinunterführte, sie stand offen. Maschinengeräusche drangen herauf.

Ein paar Meter weiter hinter zwei Gruppen Riesenelefantenohren lag am Fuß eines terrassierten Hanges ein großer Teich. Auch er gesäumt von verschiedenen Palmenarten, Elefantenohren und Riesenfarn. An einigen Stellen des Ufers wuchs Schilf, ein paar andere waren von Seerosenblättern bedeckt, zwischen denen üppige Blüten schwammen.

Der Teich war etwa dreißig Meter lang und zwischen sechs und zwölf Meter breit. An seiner schmalsten Stelle führte eine zierliche japanische Brücke zum gegenüberliegenden Ufer.

Garrett saß auf einem aufblasbaren Kissen am Teichrand und ließ die dünnen Beine ins Wasser baumeln. Als Allmen näher kam, sah er, dass sie von einem Knäuel aus großen bunten Fischen umgeben waren.

Neben dem Kissen stand ein Kübel, aus dem er etwas Längliches, Braunes nahm, ins Wasser hielt und in die weitgeöffneten Mäuler steckte. Mit der freien Hand streichelte er die zutraulichen Tiere.

Als er Allmen bemerkte, gab er ihm seine nasse Hand. Dann tätschelte er den Marmor neben sich, als Aufforderung, sich neben ihn zu setzen.

Allmen kauerte sich nieder.

Garrett war wohl über siebzig, hatte weiße lange, schüttere Haare und trug eine weiße Hose und ein weißes Hemd, dessen oberste drei Knöpfe geöffnet waren. Allmen sah seine eingefallene Brust. Sie war tätowiert, mehrere Halsketten baumelten davor.

»Hier. Bedienen Sie sich.« Er deutete auf den Kübel. Allmen fasste hinein und nahm etwas heraus. Es war ein getrocknetes Insekt.

»Seidenraupen. Ihr Lieblingshäppchen.«

Allmen hielt es mit spitzen Fingern.

»*C'mon,* die beißen nicht.«

Allmen hielt die Raupe ins Wasser. Sofort schloss sich weich und schlüpfrig ein Fischmaul um seinen Daumen und Zeigefinger. Allmen zog die Hand erschrocken zurück.

Garretts Lachen ging in einen Hustenanfall über, der eine ganze Weile anhielt. Bajrush füllte einen Kaffeelöffel mit einer Flüssigkeit aus einem Medizinfläschchen und flößte sie Garrett ein.

Als dieser wieder sprechen konnte, sagte er: »Die beißen nicht. Die haben ihre Zähne im Schlund. Schlundzähne. Damit können sie nur Algen zermalmen. Und reden.«

Allmen war exzentrische Klienten gewohnt und hakte nicht nach. Garrett musste es selbst tun.

»Wirklich. Ohne Witz. Die knirschen mit den Schlundzähnen und unterhalten sich so.«

Allmen lächelte. »Ich hatte im Charterhouse einmal einen *roommate,* der knirschte auch mit den Zähnen. Aber nur in der Nacht. Und ich verstand nicht, was er knirschte.«

»War er auch so schön wie der?« Der alte Mann deutete mit dem Kinn auf den Fisch, der sich den Bauch streicheln ließ und sich bewegte, als würde er sich an die hagere Hand kuscheln. Er war schneeweiß und hatte nur einen einzigen roten Punkt auf dem Kopf.

»Er ist ein Tancho Kohaku. Mit einem Schönheitsfehler, leider.« Garrett fasste mit der anderen Hand ins Wasser und hob den Fisch ein wenig hoch. Jetzt sah Allmen unterhalb des Mauls zwei kleine rote Flecken.

»Die beiden Kleckse haben mich ein Vermögen gekostet. Als er ganz jung war, hatte er sie noch nicht. Und plötzlich waren sie da. Zuerst ein schwaches Gelb, dann ein kräftiges Orange und nun dieses Blutrot.«

Garrett schwieg nachdenklich. Er kam Allmen bekannt vor. So, wie einem jemand bekannt vorkam, den man nicht persönlich, sondern nur aus den Medien kannte. Aber er konnte ihn nicht plazieren.

Er fasste sich ein Herz, fischte noch einmal ein paar Seidenraupen aus dem Kübel und hielt sie ins Wasser. Sofort nahm ein Koi seinen Finger in den Mund, als wollte er daran lutschen.

»Spüren Sie, wie weich das Wasser ist?«, fragte Garrett.

Für Allmen fühlte es sich einfach an wie Wasser, aber er nickte.

»Es ist eine Wissenschaft. Die Kohaku brauchen weiches Wasser; wenn es zu hart ist, bekommen sie schwarze Sommersprossen. Doch wenn es zu weich ist, schadet es dem Teich.«

Am anderen Ufer standen jetzt zwei Männer. Sie trugen japanische Arbeitskimonos mit kurzen Hosen und standen bis zu den Knien im Wasser. Einer hielt eine Stange, an dessen Ende ein Netz befestigt war, der andere einen Eimer.

»Und das sind die Wissenschaftler, Yuki und Yuma. Sie sind verantwortlich für die Wasserqualität. Haben Sie den technischen Raum gesehen? Sie sind daran vorbeigekommen.«

»Mehr gehört als gesehen.«

»Das sind die Pumpen. Das Wasser wird vierundzwanzig Stunden am Tag gefiltert, temperiert, auf dem richtigen pH-Wert gehalten und in der richtigen Strömung. Zwei Notaggregate haben wir. Zwei! Damit das System nie bei einem Stromausfall – und davon gibt es einige auf dieser Insel, vor allem in der Hochsaison –, damit es bei einem Stromausfall weiterhin das Wasser perfekt hält. Perfekt!«

Sie schwiegen und lauschten dem fernen Summen der Anlage.

Plötzlich rief Garrett: »Yuma!« So laut, dass der Ruf in einen Hustenanfall überging.

Beide Japaner sahen herüber. Bajrush rief: *»Engine!«*

Einer der Koi-Pfleger watete aus dem Wasser, stellte den Eimer ab und entfernte sich. Kurz darauf klang das Motorengeräusch gedämpfter und verstummte schließlich ganz.

Garrett erholte sich diesmal ohne Bajrushs Hilfe von seinem Hustenanfall. Er atmete vorsichtig tief durch, schloss die Augen und legte den Kopf in den Nacken.

In dieser entspannten Pose erkannte ihn Allmen: Steve Garrett, der legendäre Music Producer. Patti Smith, Bruce Springsteen, John Lennon, Dire Straits, U2, Peter Gabriel waren nur ein paar Namen, die ihm zu Garrett einfielen. Lange hatte er nichts mehr von ihm gehört, er hatte nicht einmal gewusst, dass er noch lebte.

Garrett atmete jetzt wieder ruhig. »Sie wollen bestimmt wissen, weshalb ich Sie hergebeten habe«, sagte er schließlich.

Allmen nickte.

»Wegen Boy«, seufzte Garrett. »Er gehört meiner Lebensgefährtin.«

»Ein Koi?«, fragte Allmen.

»Und zwar der Teuerste.« Garrett griff sich wieder eine Handvoll getrockneter Seidenraupen und verteilte sie unter die trägen Fische. »Hundertdreiundzwanzig Millionen Yen war sein Hammerpreis. Über eins Komma eins Millionen Dollar.«

Allmen nahm den Preis zur Kenntnis, als halte er ihn für einen Fisch für angemessen. »Welcher ist es?«, fragte er, mehr der Form halber.

»Nicht mehr da.«

»Wo dann?«

»Das frage ich Sie.«

»Verstehe.«

»Vor drei Tagen ist er verschwunden. Am Abend haben wir ihm noch gute Nacht gewünscht. Am Morgen war er einfach nicht mehr da.«

»Ist denn der Teich gesichert?«

Garrett deutete auf die Palmen. »Schon«, antwortete er, »das sehen Sie ja.«

Erst jetzt bemerkte Allmen, dass zwischen den Palmen feine Netze gespannt waren. Und von den Kronen der jenseitigen zu denen der diesseitigen Drähte oder Nylonfäden.

»Fischreiher waren es jedenfalls nicht, die Boy entführt haben.«

»Sind die Kois nicht zu groß für Fischreiher?«, erkundigte sich Allmen.

»Es gibt auch kleine. Auch Babys. Wir züchten. Ich hasse Fischreiher. Habe schon ein paar abgeknallt. Aber sie sind geschützt, die Drecksviecher.«

Garretts Gesicht war etwas rot angelaufen vor Erregung.

»Aber gegen Menschen gibt es keine Sicherung.«

»Soll ich einen elektrischen Zaun um den Teich bauen lassen?«, fragte Garrett gereizt.

»Haben Sie die Polizei eingeschaltet?«

Wieder lachte Garrett. Und wieder ging sein Lachen in einen Hustenanfall über.

Als er wieder zu Atem gekommen war, sagte er verächtlich: »Die hat anderes zu tun, als Fische zu suchen.«

»Gilt das auch für Millionen-Fische?«

»Ich bin doch nicht blöd und sage denen, was die Fische wert sind.«

Seine Miene wurde plötzlich milde. In zärtlichem Tonfall sagte er: »Nicht wahr, Sid, wir sind doch nicht blöd, *my darling.* Ja, komm zu Daddy.«

Ein riesiger Koi hatte jetzt die anderen verdrängt und ließ sich von Garrett mit der einen Hand füttern und mit der anderen liebkosen. Er war unregelmäßig weiß-, schwarz- und rotgescheckt wie ein Fleckenteppich.

»Er ist ein Showa. Aber für mich ist er ein Punk. Deswegen nenne ich ihn Sid. Von Sid Vicious. – Helfen Sie mir.«

Er streckte Allmen seine nasse knochige Hand entgegen, um sich auf die Beine hieven zu lassen.

Auch für Allmen war es nicht ganz einfach, nach so langer Zeit in der Hocke wieder hochzukommen. Bajrush nahm Garretts andere Hand. Als er stand, bot er ihm seinen Arm an, und sie entfernten sich sehr langsam vom Teich in Richtung Golfcart.

»Haben Sie irgendeine Vermutung, Mister Garrett, wer es gewesen sein könnte?«

»Pack«, knurrte der alte Mann. »Jemand, der ein wenig Geld machen will.«

»Ein wenig?«

»Natürlich. Die haben doch keine Ahnung, was Boy wirklich wert ist.«

Sie hatten den Golfcart erreicht, und Bajrush half Garrett auf den Beifahrersitz und setzte sich ans Steuer.

»Aber wenn die keine Ahnung von Kois haben, wie haben sie sich dann ausgerechnet den wertvollsten ausgesucht?«

»Anfängerglück.«

Bajrush ließ den Elektromotor an und sagte: »Drei Personen sind zu schwer für die Steigung. Wenn Sie kurz warten wollen, komme ich Sie holen, Sir.«

»Nein, danke, ich gehe die paar Schritte.«

»Dinner um neun. Cocktails um halb, wenn Sie mögen. Bajrush holt Sie ab.«

Allmen sah dem weißen Fahrzeug nach, das fast lautlos in der tropischen Vegetation verschwand.

Er ging noch einmal zurück zum Teich, an die

Stelle, wo er sich mit Garrett unterhalten hatte. Den Eimer mit den Seidenraupen hatte jemand weggeräumt und die Krümel weggewischt. Auch das aufblasbare Kissen war nicht mehr da.

Die Fische hatten sich im glasklaren Wasser verteilt und zogen in kleinen Gruppen träge ihre Kreise.

Als Allmen sich am Ufer niederkauerte, schwammen sie wie auf Kommando rasch auf ihn zu.

Er hielt den Finger ins Wasser. Ein paar von ihnen lutschten flüchtig daran. Es fühlte sich an wie damals, als das Neugeborene seiner Cousine Mjriam an seinem kleinen Finger lutschte und ihn Mjriam dafür aus hygienischen Gründen rügte.

Plötzlich hörte Allmen erregte Stimmen. Am entferntesten Ende des Teiches, am anderen Ufer, standen die beiden Japaner. Einer von ihnen wurde immer lauter, bis ihn der andere ins Gesicht schlug.

Der Laute verstummte. Er schlug nicht zurück. Senkte nur den Kopf und hielt sich die Stelle, an der er getroffen worden war.

Der andere wandte sich um. Jetzt erst entdeckte er Allmen und sagte etwas zu dem anderen. Beide verschwanden hinter dem Riesenfarn.

5

Wie es sich gehört für sommerliche Abendgarderobe, trug Allmen schwarze Seidenhosen mit Galons an den Seitennähten und ein weißes Dinner Jacket. Aus Rücksicht auf die Hitze besaß sein Smokinghemd keinen Kläppchen-, sondern einen Umlegekragen. Dazu eine selbstgebundene Fliege aus schwarzer Kreppseide.

Kurz vor halb neun holte ihn Bajrush ab. Auch er war jetzt etwas formeller gekleidet, schwarzer Anzug, weißes Hemd, schwarze Krawatte.

Er führte ihn zum Hauptgebäude. Es hatte eine Terrasse, die sich über die ganze Längsseite des Hauses erstreckte. In einer Nische zwischen zwei der acht Panoramafenster war eine reichbestückte Bar eingebaut. Auf einem der vielen Barhocker saß in sich zusammengesunken Garrett. Er trug einen weißen Smoking mit einer rosa Fliege und einem Einstecktuch in gleicher Farbe. Neben ihm saß die schöne Schwimmerin. Sie trug ein bodenlanges trägerloses Kleid mit einem Seitenschlitz, dessen Anfang zu orten Allmens Taktgefühl nicht zuließ.

Sie hatte ein Glas Champagner vor sich, Garrett einen bunten Cocktail. Allmen bestellte beim Barmann, der für seinen Geschmack etwas zu ähnlich gekleidet war wie er selbst, eine Margarita.

Garrett stellte die Schwimmerin vor – Akina. Sie gab ihm eine zarte leichte Hand so, als erwarte sie einen Handkuss. Allmen enttäuschte sie nicht.

»Boy gehort Akina«, erklärte Garrett. »Ein Geburtstagsgeschenk.«

Sie nickte traurig. »Und jetzt sehe ich ihn vielleicht nie wieder.« Akina hatte einen französischen Akzent und eine überraschend rauchige Stimme.

»Keine Angst, *my love,* Herr von Allmen wird ihn finden. Nicht wahr?«

»Ich werde mein Bestes tun«, bestätigte Allmen.

»Ich hoffe, Ihr Bestes ist gut genug.«

Wenn sie den Satz nicht mit dieser Treuherzigkeit ausgesprochen hätte, hätte Allmen vielleicht eine gewisse Zweideutigkeit herausgehört.

Die Konversation plätscherte träge dahin. Die tiefstehende Sonne warf Palmschatten auf die Terrasse, und auf dem Meer zogen die Schnellboote weiße Girlanden ins tiefe Blau. Allmens Margarita war ausgezeichnet, nicht zu süß, nicht zu stark, nicht zu salzumrandet. Als der Barmann ihm eine zweite anbot, sagte Allmen nicht nein.

Über den Koi kein Wort.

Kurz nach neun Uhr legte die Sonne behutsam einen orangenen Streifen auf das glatte Meer, und ein sanfter Wind kam auf. Eine junge Frau in schwarzem Kleid und weißer Schürze kam aus dem Haus und zündete die Kerzen in den vielen Windlichtern an, die auf dem Tresen und den auf der Terrasse verstreuten Tischen standen.

Garrett winkte Bajrush heran, der in etwas Distanz vor einem erleuchteten Fenster stand. Sofort kam er, half Garrett vom Barhocker und bot ihm seinen Arm. Akina rutschte von ihrem Hocker und nahm Garretts anderen Arm. So gingen sie langsam auf die Schiebetür zu, die die Frau mit der weißen Schürze jetzt öffnete. Allmen folgte ihnen.

Der Raum wurde beherrscht von einem Tisch von bestimmt sechs Meter Länge.

Garrett wurde auf den Stuhl am schmalen Ende des Tisches gesetzt, Akina bekam den Platz zu seiner Rechten, Allmen den zu seiner Linken.

Plötzlich wurde die Stille des Raumes von Musik unterbrochen. Aus unsichtbaren Boxen einer Hightec-Sensurround-Anlage ertönte Peter Gabriel, *Solsbury Hill.*

Garrett deutete mit dem Zeigefinger auf sich. »Ich produziert«, sagte er, laut genug, um die Musik zu übertönen.

Allmen nickte anerkennend, zu sprechen brauchte er nicht. Garrett bewegte sich sitzend im Rhythmus der Musik, und zwar für die Gebrechlichkeit, die er sonst an den Tag legte, mit überraschender tänzerischer Anmut.

Der Barmann war jetzt in die Rolle des Sommeliers geschlüpft. Öffnete geübt und leise eine Flasche Krug Vintage Brut und schenkte die Kristallkelche voll. Garrett hob das Glas. »Auf Boy«, sagte er und netzte kaum die Lippen. Vielleicht, dachte Allmen, war der bunte Cocktail auch alkoholfrei gewesen.

Akina trank einen großen Schluck. Und Allmen tat es ihr nach. Ihre Blicke trafen sich für eine Sekunde, als hätten sie es verabredet.

Die Bedienung wurde jetzt von einer zweiten, gleich gekleideten Frau assistiert. Sie brachten den ersten Gang, Artischockensalat mit Blutwurst und Feigenvinaigrette. Auf gedünstetem Artischockenboden war sanft gebratene Blutwurst mit feingeschnittenen Zwiebeln und gerösteten Pinienkernen angerichtet und mit einem Feigendashi mit Mandelöl, holzgelagertem Rotweinessig und Salz umgossen. Es schmeckte wunderbar süßbitter.

Die Lautstärke der Musik erlaubte kein vernünftiges Gespräch. Allmen vermutete, dass dies Absicht war.

Der Sommelier füllte die Gläser von Akina und Allmen. Wieder trafen sich ihre Augen für einen Augenblick beim ersten Schluck. Garretts Glas war noch voll. Er hatte die Augen halb geschlossen und wiegte sich zu *In Your Eyes* von Peter Gabriel.

Das Essen war bizarr, weil so gut wie kein Wort gesprochen wurde. Aber kulinarisch ging es spektakulär weiter. Der Hauptgang war eine gegrillte, mit Frigola gefüllte Zahnbrasse mit klassischem Paellafond und einem Sashimi aus hauchdünn geschnittenem Kürbis, der mit heißem Paellafond aufgegossen war.

Allmen war der Einzige, der Wein trank. Der Sommelier kredenzte ihm einen Romanée-Saint-Vivant Grand Cru, etwas vom Exklusiveren, was Rotweine betrifft.

Garrett ließ sich zwar einschenken, benetzte aber nur die Lippen. Und Akina blieb beim Champagner.

Auch das Dessert war japanisch angehauchte spanische Küche: Flao, der klassische Käsekuchen, aber mit Honig, süßer Miso und Anis gewürzt und abgeschmeckt und im Ofen goldgelb gebacken. Mit karamellisierten Mandeln und feingeschnittener Minze bestreut.

Nach dem Dessert machte Garrett der Bedienung ein Zeichen, und sofort wurde die Musik leiser gestellt.

Ein japanischer Koch betrat den Raum. Er stellte sich neben den Tisch und verbeugte sich. Garrett klatschte in die Hände, und Akina und Allmen stimmten in den Applaus ein.

»Darf ich vorstellen: Haruto, der beste Koch der Welt.«

Haruto verbeugte sich ein zweites Mal, der Applaus wiederholte sich, der Koch verbeugte sich wieder. Garrett beendete das Zeremoniell dadurch, dass er die Hände sinken ließ und sich bedankte.

»Ich hoffe, der japanische Touch war okay für Sie«, sagte Garrett.

»Ich liebe japanisches Essen«, antwortete Allmen, »Ihr Koch ist ein Künstler.«

»Haruto ist schon zehn Jahre bei mir.« Und mit einem Seitenblick auf Akina fügte er hinzu: »Das Essen ist die Erotik des Alters. Das Einzige, was er nicht kochen konnte, war damals der Fischreiher. Erinnerst du dich, Akina? Das Viech war ungenießbar.« Garrett verzog das Gesicht.

Sie antwortete: »Man hätte ihn im Saft von Mangos vier Tage lang einlegen müssen, wie bei uns in Guadeloupe. Dann wäre er zart geworden.«

Garrett lächelte nachsichtig. »Akina kommt aus Guadeloupe«, erklärte er. »Waren Sie schon einmal dort?«

Allmen nickte. Es gab nicht viele Orte auf der Welt, an denen er noch nie gewesen war.

Und zu Akina sagte Garrett: »Den nächsten machen wir so.«

»Und wer schießt ihn?«, wollte sie wissen.

Garrett sah Allmen an. »Sie sind doch so was wie ein Detektiv. Die schießen doch immer.«

Allmens Vater hatte ihn als Kind gezwungen, mit auf die Jagd zu kommen. Deshalb hatte er bisher in seinem Leben noch nie eine Feuerwaffe in der Hand gehabt. Er lachte einfach. Noch immer die beste Antwort, wenn man keine hatte.

Garrett lachte mit und wurde auf einmal ernst. »Können Sie Boy finden?«

»Ich werde es versuchen.«

»Auch das bezahle ich Ihnen, das Versuchen.«

Allmen sagte den Satz, den ihm Carlos beigebracht hatte: »Unsere Motivation ist das Gelingen, nicht das Versuchen.«

»Und das schaffen Sie, das Gelingen?«

Manchmal hatte Allmen diese Anfälle von … nicht gerade Ehrlichkeit, aber Offenheit. Er sagte: »Wenn es so ist, wie Sie vermuten, irgendwelches Pack, das zufällig den wertvollsten Fisch erwischt hat, wird es schwierig. Wenn es so ist, wie ich denke, dass Kenner es gezielt auf Boy abgesehen haben, ist die Chance größer.«

Garrett sah ihn lange an. Dann sagte er ganz entwaffnend: »Die Wahrheit ist: Es ist nicht so, wie ich vermute.«

»Sondern wie?«

»Profis. Leute, die sich auskennen mit Kois.« Es

klang verächtlich. »Die Insel ist voller Koi-Halter. Die Kois sind zu Prestigeobjekten geworden. Luxusspielsachen!«

Allmen wagte es nicht zu fragen, was sie denn für ihn seien. Aber Garrett schien seine Gedanken zu erraten: »Jetzt fragen Sie sich bestimmt, was die Kois denn für mich sind. Freunde! Wegbegleiter! Meditationshelfer! Sie haben ja keine Ahnung, wie die Gesellschaft dieser Wesen entspannt. Früher, als ich noch fitter war, bin ich mit ihnen geschwommen. Mit Taucherbrille und Schnorchel. Dann war ich einer von ihnen. Ich war ein Koi!«, rief er laut.

Garrett breitete die Arme aus, legte den Kopf in den Nacken und schloss die Augen.

In dieser Position blieb er eine ganze Weile. Das Servierpersonal rührte sich nicht. Nur Akina hob ihr Glas und leerte es in einem Zug. Sie sah dabei Allmen in die Augen und lächelte ein wenig spöttisch.

Garrett ließ die Arme sinken und öffnete die Augen. Leise, kaum hörbar, sagte er: »Und werde hoffentlich wieder einer.«

Der Gastgeber schien eine Begabung im Gedankenlesen zu haben, denn er sagte: »Und Sie fragen sich, weshalb ich denn den teuersten von allen ersteigert habe. Wenn es nichts als Liebe ist, könnte ich mein Herz ja auch einem günstigeren Exemplar schenken. – Boy wurde als Zuchtbulle versteigert. Möchten Sie Zuchtbulle sein, Herr von Allmen?«

Allmen beeilte sich, dies weit von sich zu weisen.

»Eben. Boy auch nicht.« Er versank wieder in trübsinniges Schweigen.

Der Barmann füllte die Gläser und wechselte Garretts volles Glas Wein gegen eine klare Flüssigkeit mit Eis, frischer Minze und Zitrone aus. Wasser, vermutete Allmen.

Garrett trank einen Schluck. Dann sagte er: »Ich wollte das bisschen Zeit, das mir bleibt, mit meinen Kois verbringen.«

Er seufzte. Dann sah er zu Akina hinüber, lächelte und fügte rasch hinzu: »Mit meinen Kois und Akina, natürlich.«

Sie lachte. »Ich bin auch ein Fisch. Aber beinahe ein Widder. Neunzehnter März.«

Allmen lachte. Aber Garrett stimmte nicht mit ein. Es war wohl nicht das erste Mal, dass er den Witz hörte.

»Bajrush!«, rief er unvermittelt.

Der Diener – oder war es ein Pfleger? Oder ein Sekretär? – kam und half Garrett aus dem Stuhl. »Morgen besprechen wir die Details. Beim Frühstück. Auf der Terrasse. Neun Uhr.«

Er ging langsam aus dem Raum, eskortiert von Akina und Bajrush.

Allmen, der sich bei Garretts Abgang auch erhoben hatte, blickte ihnen nach.

»Nightcap, Sir?«, fragte eine Stimme neben ihm. Es war der Barmann.

»Gerne. Was schlagen Sie denn vor?«

»Es ist noch früh, Sir. Etwas, das es ein wenig später macht.«

»Und was ist das?«

»Kommen Sie.«

Er geleitete Allmen auf die Terrasse zur Bar und ging hinter die Theke. »Ein Black Manhattan. Das geheimnisvollste Nachtgetränk, das ich kenne.«

Allmen tat, als würde er es nicht kennen, und schaute dem Barmann interessiert zu, wie er viel Eis, zwei Unzen Rye Whiskey, eine Unze Averna, einen Spritzer Bitters und einen zweiten Orange Bitters in ein Glas füllte, den Inhalt mit einem langen Cocktaillöffel eine Minute lang sorgfältig umrührte, ihn durch ein Sieb in ein Cocktailglas gab und mit einer aufgespießten schwarzen Cocktailkirsche garnierte.

»Und Sie ähm …?«

»Cesare«, kam ihm der Barmann zu Hilfe. »Ich nehme ein Bier um diese Zeit.«

Er stellte den schwarzen Cocktail vor Allmen auf die polierte Betonfläche der Bar und zapfte sich ein Bier.

Vom Speisesaal waren gedämpft die Geräusche zu vernehmen, die beim Abräumen einer Tafel entstehen. Das Meer lag mächtig und blauschwarz tief unten am Fuße des Hügels. Ein halber Mond ließ die Gischtspuren von zwei Jachten fluoreszieren, die mit Deckbeleuchtung festlich vorübertrieben.

»Dass niemand etwas von dem Fischdiebstahl mitbekommen hat«, sagte Allmen in die Stille hinein.

»Ich weiß nicht«, bemerkte Cesare nach einer langen Pause.

»Sie glauben, jemand hat etwas mitbekommen?«

»Nein. Ich weiß es nicht. Wir reden nicht darüber.«

»Ach so«, sagte Allmen. »Es könnte sein, dass jemand etwas mitbekommen hat.« Er riss sich vom Anblick des Meeres los und wandte sich zu Cesare.

Der stand da, sein Bier auf Brusthöhe, den Blick verträumt aufs Meer. »Ich weiß nicht«, sagte er wieder. Und als er sah, dass Allmens Black Manhattan leer war: »Noch *one for the road*?«

»Ich weiß nicht«, antwortete Allmen.

Es war kurz vor Mitternacht, als Allmen im indischen Seidenpyjama unter dem leichten, kühlen Sommerfederbett lag.

Er schlief sofort ein.

Und erwachte erst, als auch Akina darunterschlüpfte.

6

Neun Uhr Frühstück war für Allmen auch dann früh, wenn er keinen so erfreulichen nächtlichen Überraschungsbesuch hatte. Sein Reisewecker – das Smartphone als Wecker hatte er bisher immer strikt abgelehnt – weckte ihn um halb acht. Er brauchte nun einmal anderthalb Stunden, um einigermaßen präsentabel zu sein.

Von Akina war nur ein schwacher exotischer Duft nach Tiaré geblieben.

Kurz vor neun holte ihn Bajrush ab und führte ihn zum Koi-Teich hinunter. Dort war auf einer kleinen Plattform am Ufer ein Tisch für zwei gedeckt. Garrett saß schon dort, wieder ganz in Weiß. Eine der Frauen, die gestern servierten, war im Hintergrund in Bereitschaft.

Garrett deutete mit einer müden Handbewegung auf den Stuhl ihm gegenüber. Allmen setzte sich.

»Es gibt alles. Außer Fisch«, verkündete Garrett.

Allmen bestellte Tee, Toast und englische Marmelade. Und Butter, aber gesalzen, *please.* Und er dachte wehmütig an Carlos' *huevos rancheros,* Spiegeleier in einer Soße aus gedünsteten Zwiebeln und geschälten, fast überreifen Tomaten. Mit Chili.

»Interessiert Sie der Job?«, fragte Garrett unvermittelt.

Allmen war Anhänger der Theorie, nicht allzu interessiert zu erscheinen: »Die Sache liegt zwar etwas außerhalb unserer angestammten Aktivität, aber Allmen International steht im Ruf, flexibel zu sein.«

»Also ja?«

»Ich müsste mindestens einen meiner Mitarbeiter zur Verfügung haben.«

»Ich lasse ihn einfliegen.«

»Und unterkunftstechnisch befinden wir uns, soviel ich weiß, in der Hochsaison.«

»Sie bekommen Can Blanc. *Fully staffed.* Und einen Wagen.«

»Ich fahre nicht selbst.«

»Aber Ihr Mitarbeiter.«

Carlos konnte zwar Auto fahren, aber er besaß keine Papiere. »Der Mitarbeiter, den ich für die Aufgabe im Auge habe, fährt auch nicht.«

Garrett machte eine wegwerfende Handbewegung. »Dann fährt Sie Jaime. Der *mayordomo* von

Can Blanc. Er weiß auch über Boy Bescheid und ist diskret.«

Die Bedienung brachte die Bestellung. Für Garrett war nichts dabei. Er hatte den Blick auf seine leere Seite bemerkt und erklärte: »Ich habe schon gefrühstückt. In meinem Alter ist man früh wach. Guten Appetit.«

Allmen machte sich langsam und sorgfältig einen Toast.

»Und noch etwas«, sagte Garrett, »außer ein paar Mitarbeitern weiß niemand etwas von der Sache. Halten Sie den Kreis der Eingeweihten so klein wie möglich.«

»Diskretion ist unser höchstes Gebot.« Allmen biss in den Toast.

»Tun Sie es für Akina. Man sieht es ihr nicht an, aber sie ist sehr verzweifelt.«

Allmen kaute den Bissen, spülte ihn mit einem Schluck Tee hinunter und wischte sich den Mund mit der gestärkten Serviette. »Das Pekuniäre«, begann er, aber Garrett unterbrach ihn und wedelte das Thema aus dem Handgelenk beiseite: »Läuft alles über Koller, Bertram und Schmidbauer, Sie wenden sich direkt an die.«

»Ich werde das Accounting davon in Kenntnis setzen.«

»Das heißt also, ja.«

Allmen ging im Geiste noch einmal die Checklist durch, die er mit Carlos eingeübt hatte, und stieß auf ein noch nicht angeschnittenes Thema: »Allmen International Inquiries ist ein ausgesprochen erfolgsorientiertes Unternehmen. Trotzdem kommt es vor, dass ihm der Erfolg nicht beschieden ist. In diesem unwahrscheinlichen Fall sind wir trotzdem gezwungen, den geleisteten Aufwand in Rechnung zu stellen. Nur die Erfolgsprämie entfiele dann natürlich.«

»Versteht sich von selbst. Was noch?«

So peinlich ihm die Sache auch war, Allmen zwang sich noch zum nächsten Satz: »Auch die Rückreise ginge in einem solchen Fall zu Lasten des Auftraggebers.«

»Okay. Wir fliegen Sie zurück. Sonst noch was?«

Allmen nahm vorsichtig einen Schluck von dem heißen Tee. Dann sagte er feierlich: »Allmen International Inquiries wird ihr Bestes tun, den Auftrag zur vollen Zufriedenheit …«

»Okay, okay. Bajrush wird Sie nach Can Blanc fahren. Dort« – er warf einen Blick zu den Häusern hinauf – »können Sie sich voll auf die Aufgabe konzentrieren.«

7

Can Blanc war kein Neubau wie Garretts Can Pes. Es war eine große, alte Finca mit dicken Mauern und wenigen kleinen Fenstern, die wie Schießscharten innen größer waren als außen. Ihr Eingang ging nach Süden, im Rücken schützte sie ein Hügel mit einem Pinienwald vor den kalten Nordwinden des Winters. Die Fassade des Hauptgebäudes war gekalkt, die anderen trugen die Lehmfarbe des Verputzes oder waren unverputzt.

Der *porxo,* der größte Raum, duftete nach dem Wacholderholz der Balken, die das Flachdach trugen. Die angrenzende Küche war etwas kleiner und schwarz vom Rauch des offenen Feuers, das jahrhundertelang zum Kochen und Heizen gedient hatte. Vom Porxo führten niedrige Türen zu verschiedenen Zimmern und zwei Holztreppen in die obere Etage. Eine der Türen war der Seiteneingang zu einem Nebengebäude, in welchem die Ölmühle lag. Sie war noch intakt und der ausgetretene kreisrunde Pfad des Maulesels tief.

Jaime, der Mayordomo, führte ihn durch die Finca und alle Nebengebäude. Er war ein stämmiger Mann um die fünfzig, und sein Spanisch klang etwas gepresst, wie oft bei den Inselbewohnern, deren Muttersprache *eivissenc* ist.

Das Haus war konsequent mit alten ibizenkischen Stücken möbliert und sah aus, als hätte man es im Originalzustand belassen. Aber es verfügte über allen Komfort. Heizung, Bäder, Küchengeräte und der ganze Luxus waren so diskret angebracht, dass man das Gefühl hatte, sie seien immer da gewesen.

Eines der Zimmer, zu denen eine Holztreppe führte, war wie eine Suite. Es besaß ein großes Bad mit Badewanne – ein Luxus, den Allmen bei allen ökologischen Bedenken noch immer sehr zu schätzen wusste –, einen geräumigen begehbaren Schrank, einen kleinen Salon und ein Schlafzimmer, das auf eine *porche* führte, eine gedeckte, in die Mauer eingelassene Veranda, von der man einen Blick über Oliven-, Mandel-, Orangen- und mächtige Feigen- und Johannisbrotbäume auf das ferne Meer hatte.

»Das beste Zimmer, Señor. Ich lasse Ihr Gepäck hier heraufbringen, wenn Sie einverstanden sind.«

Mit dem besten Zimmer war Allmen aus Prinzip einverstanden. Er setzte sich auf die Porche und wollte sich wieder seiner Lektüre widmen. Aber dann hörte er Geräusche und Stimmen aus dem Zimmer, jemand brachte sein Gepäck.

Vor dem begehbaren Schrank standen zwei junge Männer und eine Frau in mittleren Jahren.

Sie sprach in dem gebrochenen Spanisch mit ihnen, mit dem man sich mit jemandem unterhält, der der Sprache nicht mächtig ist. Die Männer halfen sich gegenseitig zu verstehen, was die Frau sagte.

Allmen identifizierte die Sprache, in der sie das taten, als Arabisch und übersetzte auf Französisch. »Sie möchte, dass Sie einen Koffer nach dem anderen auf den Tisch heben, damit sie ihn öffnen und den Inhalt in den Schrank räumen kann.«

Die Männer verstanden, lachten und taten wie geheißen.

Die Frau stellte sich als Marta vor, Jaimes Frau. »Ich führe den Haushalt und koche«, erklärte sie. Dann begann sie, die Anzüge auszupacken. »Muss alles aufgebügelt werden, Señor.«

Marta gefiel ihm.

Dank der meterdicken Mauern war es im Porxo kühl, als liefe irgendwo eine Klimaanlage. Aber Allmen widerstand der Versuchung, sich in einen der alten Ledersessel zu setzen und weiterzulesen. Er hatte sich vorgenommen, die Umgebung der Finca auszukundschaften. An einem neuen Ort wusste er immer gerne, wo er sich befand.

Er öffnete die schwere Tür aus innen poliertem und außen verwittertem Olivenholz. Es war, als betrete er einen Backofen. Es war noch nicht einmal elf, aber die Sonne brannte bereits unbarmherzig auf die Insel. Allmen ging ums Haus herum und schlug den Weg ein, der zum Wald führte.

In ein paar Minuten hatte er ihn erreicht. Es kam ihm vor, als wäre es zehn Grad kühler, dabei konnten es höchstens zwei oder drei sein. Er nahm die Sonnenbrille ab und den Panama in die Hand.

Der Weg führte in weit ausholenden Serpentinen bergauf. Der Wald war wohl noch keine fünfzig Jahre alt. Allmen kam immer wieder an Johannisbrot- und Feigenbäumen vorbei, die den Kampf gegen die Pinien aufgegeben hatten. Zweimal stieß er auf Reste von Mauern, mit denen der Hang terrassiert worden war, bevor sich der Wald das Kulturland zurückgeholt hatte.

Es gab kein Unterholz, und auch der Waldboden sah gesäubert aus. Wie die Bauern das im Pachtwald seines Vaters taten, um Waldbränden vorzubeugen.

Nachdem er sich von Garrett verabschiedet hatte, hatte Allmen von seinem Zimmer aus Carlos angerufen und ihm die Situation geschildert. Sein Diener und Partner war nicht begeistert von der Vorstellung, nach Spanien zu fliegen. »Ohne Pass, Don John?«, gab er zu bedenken.

»Schengen, Carlos. Hier will niemand einen Pass sehen.«

»Manchmal machen sie Stichproben, Don John.«

»Nicht bei Fluggästen, die in Privatmaschinen landen.«

Carlos willigte schließlich ein. Aber nicht ohne drei-, viermal »hoffentlich« zu seufzen. Allmen versprach, ihn heute Abend im kleinen Gebäude der General Aviation abzuholen und persönlich dafür zu sorgen, dass niemand seinen Pass sehen wolle.

Hoffentlich.

8

Sobald sie auf die Schnellstraße eingebogen waren, ging es nur noch langsam voran. Eine Kolonne quälte sich auf der vierspurigen Autobahn nach Ibiza-Stadt und Richtung Flughafen. Es war Hochsaison, und die Insel war hoffnungslos überfüllt von Touristen, Mietwagen und Mietmopeds.

Sie saßen im Wagen, der zu Can Blanc gehörte, einem weißen Volvo SUV, der, wenn er Jaime glauben durfte – und das tat Allmen auf Anhieb – fünfzig Kilometer ausschließlich elektrisch fahren konnte und für den Rest mit seinem Benzinmotor den Strom selbst produzierte.

Jaimes Fahrstil war bedächtig und sicher. Und

genauso machte er nach Allmens Einschätzung wohl auch alles andere. Allmen hatte sich, ganz gegen seine Gewohnheit, nicht in den Fond gesetzt, sondern auf den Beifahrersitz, denn er wollte sich mit Jaime unterhalten.

»Sie wissen vom Koi-Diebstahl, hat Mister Garrett gesagt«, fing Allmen das Gespräch an.

»Ja. Und ein paar andere auch.«

»Und was denken Sie darüber?«

Jaime hob die wuchtigen Schultern und ließ sie fallen.

»Hat niemand einen Verdacht, eine Vermutung, etwas gehört, etwas gesehen? Ich nehme an, Sie sprechen darüber.«

Jaime schwieg lange. Dann sagte er: »Es gibt viele Leute, die den Luxus lieben auf der Insel. Kois sind auch Luxus.«

»Sie glauben, jemand hat den Fisch gestohlen, einfach weil er ihn haben wollte? Und bei dem ist er jetzt?«

Wieder legte Jaime eine Denkpause ein. »Jemand hat ihn gestohlen. Und bei jemandem ist er jetzt. Aber das sind nicht dieselben.«

»Verstehe. Jemand hat ihn im Auftrag von jemandem gestohlen.«

Jaime wiegte den Kopf. »Oder jemand hat ihn gestohlen und jemandem verkauft.«

»Kennen Sie denn Leute, die sich das leisten könnten?«

»Wo es viel Luxus gibt, gibt es auch viel Geld.«

Das war nun eine Aussage, die Allmen nicht vorbehaltlos bestätigen konnte. Er nickte dennoch.

Sie waren vor dem kleinen Terminal der General Aviation angekommen. Auf den Vorfeldern parkte ein Dutzend Privatjets, eines davon ganz in Schwarz mit einem goldenen Totenschädel auf der Heckflosse.

Sie setzten sich in eine Sitzgruppe zu einem Strauß künstlicher Blumen. Garretts Dassault Falcon sollte in einer guten Viertelstunde landen.

Allmen wollte das Gespräch über die Koi-Szene der Insel weiterführen, aber er wurde abgelenkt von einer Gruppe Passagiere, die soeben einem Jet entstiegen waren. Eine Familie mit zwei halbwüchsigen gelangweilten Kindern und vier Begleitpersonen, wahrscheinlich Personal.

Zwei Männer folgten dem Handwagen voller Gepäck, den ein alter Mann zog. Es war derselbe wie bei Allmens Ankunft. Er schien sich an das Trinkgeld vom Vortag zu erinnern und nickte Allmen zu. Allmen grüßte zurück.

Die anderen Mitglieder der Gruppe gingen auf den Ausgang zu, mit der Selbstverständlichkeit von Leuten, die sich auskannten.

Jetzt wurden sie von zwei Uniformierten angehalten. Sie wechselten ein paar Worte, die seitens des Familienoberhauptes immer ungehaltener wurden. Schließlich geleiteten die Beamten die Gruppe zu einer Art Schalter und ließen sich die Papiere zeigen.

Die Beamten ließen sich Zeit, scannten die Pässe, telefonierten und führten längere Gespräche mit jedem Einzelnen.

Allmen beobachtete die Szene besorgt.

Jaime war Allmens wachsende Beunruhigung aufgefallen. »Stichprobe«, erklärte er.

»Bei Privatpassagieren?«

Jaime nickte. Dann sah er Allmen forschend an.

Sollte er etwas sagen, fragte sich der. Aber Jaime nahm ihm die Entscheidung ab. »Alles in Ordnung mit Ihrem Gast?«, erkundigte er sich.

»Er hat keinen Pass dabei«, gestand Allmen.

»Eine Identitätskarte genügt. Dort kommt er.« Er deutete auf eine Maschine, die man durch die großen Fenster des Terminals anrollen sah. Es war Garretts Dassault Falcon.

Sie wurde geparkt und die Treppe heruntergelassen. Die japanische Flugbegleiterin trat heraus, dicht gefolgt von Carlos.

Der alte Mann mit dem Handwagen ging zum Laderaum, der von einem Arbeiter geöffnet wurde. Carlos' Koffer wurde ausgeladen. Allmen sah, wie Carlos sich von der Flugbegleiterin kurz und förmlich verabschiedete und dem Mann mit dem Koffer folgte.

»Eine Identitätskarte hat er auch nicht«, sagte Allmen.

Jaime zögerte nicht. Er stand auf und ging zu den beiden Uniformierten, die die Reisegruppe inzwischen abgefertigt hatten und beim Schalter warteten.

Allmen sah, wie er beiden die Hand gab und mit ihnen ein Gespräch begann.

Carlos hatte nun den Terminal betreten. Allmen ging auf ihn zu, winkend und lachend. Er begrüßte ihn überschwenglich. Carlos reagierte etwas verwundert. Sie waren einen etwas formelleren Umgang miteinander gewohnt.

Allmen legte Carlos den Arm um die Schultern und führte ihn angeregt plaudernd zum Ausgang. »Ich erkläre es Ihnen später, ich erkläre es Ihnen«, waren die Worte, die er plauderte.

So kamen sie unbehelligt an den Uniformierten vorbei und auf den Parkplatz. Beim Wagen gab Allmen dem alten Mann zwei Fünfzig-Euro-Scheine, so erleichtert war er über den guten Ausgang dieses Abenteuers.

9

Allmen führte Carlos ins zweite Zimmer mit einer Holztreppe, am anderen Ende des Porxo. Auch das eine Suite, etwas kleiner als die von Allmen, aber mit dem gleichen Komfort.

»Nein, Don John«, wehrte Carlos ab, »dieses Zimmer gebührt einem Diener nicht. Ich nehme eines der kleineren im Parterre.«

»Nein, Carlos, Sie sind nicht hier als Diener. Sie sind hier als Partner.«

Beim Abendessen konnte Carlos die Rolle als Partner dann doch nicht richtig übernehmen. Immer wieder sprang er auf, um seinem *patrón* nachzuschenken oder das benutzte Geschirr wegzuräumen, wenn sich die etwas ungeschickte junge Serviererin seiner Meinung nach damit zu viel Zeit ließ.

Sie saßen im kühlen Porxo am großen Olivenholztisch und konnten das Geheimnis des verschwundenen Kois nicht ungestört erörtern, denn noch war das Personal in der Nähe.

Erst nach dem Essen unter einem weit ausladenden Feigenbaum, wohin Carlos ihre Gläser, eine Flasche des wunderbaren Finca Dofí für Allmen und eine Karaffe Wasser für sich selbst mitgenommen hatte, konnten sie den Fall besprechen.

Allmen berichtete ausführlich über die letzten anderthalb Tage, nur Akina ließ er aus. Und er informierte über alles, was er von Garrett und Jaime bisher erfahren hatte.

Carlos hörte aufmerksam zu und machte sich Notizen in ein kleines schwarzes Notizbuch. Etwas, das Allmen bisher noch nie an ihm beobachtet hatte.

Als er geendet hatte, fragte Allmen: »Wie gehen wir vor, um die Diebe zu finden, Carlos?«

Der brauchte eine Weile für die Antwort. »Don John, ich glaube nicht, dass es viel nützt, wenn wir die Diebe finden. Wir müssen den Fisch finden.«

Allmen lächelte höflich über dieses Witzchen. »Das wollen wir beide, lieber Carlos.«

»Im Ernst, Don John. Es ist gefährlich, die Diebe zu suchen. Was, wenn wir sie finden? Wollen wir sie zwingen, uns zum Fisch zu führen? Wie?«

Allmen nahm einen Verlegenheitsschluck.

Aus großer Distanz war jetzt ein gedämpftes Wummern zu hören. Eine der vielen Discos der Insel.

»In Guatemala habe ich gelernt: ›Diebe sind nicht gefährlich. Nur wenn man sie erwischt.‹«

Allmen nickte nachdenklich. »Wir müssen also den Fisch suchen. Aber wie?«

»Nur eine Anregung: El Señor Turnbill?«

»Genau. Freddy Turnbill muss uns in die Gesellschaft einführen. In die Koi-Gesellschaft.«

»Aber dann müssen wir ihn einweihen«, gab Carlos zu bedenken. »Ist Don Freddy diskret?«

Allmen überlegte. Er wusste es nicht. Aber er sagte: »Wenn ich ihn darum bitte, schon.«

Sie verfielen wieder in Schweigen. Carlos sprach als Erster wieder: »Auch das ist gefährlich, Don John. Den Fisch zu finden. Wie bringen wir ihn dann zurück zu Señor Garrett?«

Allmen winkte ab. »Nein, Carlos, wir bringen ihn nicht zurück. Unser Slogan lautet ›*The Art of Tracing Art*‹. Nicht ›*Bringing Back Art*‹.«

Sie hörten ein Rascheln im Feld und wandten sich in die Richtung, aus der es kam. Tiere. Schnelle Tiere, viele davon. Acht, zehn oder mehr.

Es sah aus, als rannten sie direkt auf ihren Feigenbaum zu. Jetzt waren sie im fahlen Mondlicht auszumachen. Hunde. Magere ibizenkische Windhunde, Podencos.

»Mein Gott!«, stieß Carlos aus. Er hatte nie erzählt, weshalb er sich vor Hunden fürchtete, aber Allmen konnte es sich vorstellen. Viele Grundbesitzer in Guatemala hielten scharfe Hunde, um ihr Land zu bewachen.

Ein neues Rascheln genau vor ihnen ließ Carlos erstarren. Auch Allmen erschrak. Im schwachen

Licht der Petroleumlampe, die ihnen Jaime gebracht hatte, stand bockstill ein Hase auf seinen Hinterläufen.

Das Rudel Podencos hatte jetzt Allmen und Carlos bemerkt und brüsk gestoppt. Sie wagten nicht, näher zu kommen, und hielten bellend und winselnd ihre Distanz.

So verharrten sie alle eine ganze Weile, bis von der Finca her eine kräftige Stimme etwas auf Eivissenc rief.

Die Hunde erschraken und zottelten mit eingezogenen Schwänzen ab.

Auch der Hase löste sich aus seiner Erstarrung und rannte in die andere Richtung davon.

Jaime trat unter die Feigenkrone und schenkte Allmen Wein und Carlos Wasser nach. »Ein wildes Rudel«, erklärte er. »Gehörte einem Nachbarn, der auf der Jagd einen Herzinfarkt erlitt. Seither sind sie wild.«

10

Allmen gehörte noch zu denen, die ein Adressbuch besaßen. Es war in abgegriffenes Leder gebunden, und seine Ecken schützten Winkel aus verziertem Gold. Er hatte es seit vielen Jahren, und seine Vorgänger, die er in einem Geheimfach seines Sekretärs aufbewahrte, sahen gleich aus, nur viel abgewetzter. Sie stammten alle vom selben Buchbinder, Vito di Mauro, einem alten Herrn in Palermo, der diesen Beruf nun in dritter Generation ausübte. Allmen hatte im Hinblick auf dessen Alter ein Dutzend neue Notizbücher des gleichen Modells auf Lager. Wenn das, welches er in Gebrauch hatte, auseinanderzufallen drohte, übertrug er die Adressen in ein neues.

Unter T wie Turnbill fand er Freddys Adresse und rief seine Mobilnummer an. Die Stimme der Mailbox bat ihn, eine Nachricht zu hinterlassen. Allmen legte auf.

Er versuchte es auf seinem Festnetz. Eine Frau meldete sich. Mister Turnbill sei nicht hier, teilte sie ihm mit.

»Aber auf der Insel ist er?«

Sie sei nicht autorisiert, diese Frage zu beantworten, aber er könne gerne eine Nachricht hinterlassen. Allmen hinterließ Name, Nummer, einen herzlichen Gruß und die Botschaft: *»I'm on the island.«* Dann ging er zu Bett.

Um vier Uhr früh weckte ihn ein Vibrieren in kurzen Abständen. Es kam von seinem Nachttisch und stammte von seinem Smartphone.

»John! *Old fart. Are you really on the island?*«

Es war Freddy Turnbill. Und er klang angetrunken.

»Wann sehen wir uns? Zum Lunch? Ich leg mich jetzt kurz aufs Ohr, und du kommst gegen ein Uhr, okay? Kennst du noch den Weg zu Can Pep? Oder soll ich dir einen Wagen schicken? Ich schick dir einen Wagen. Wo bist du?«

Vielleicht, dachte Allmen, ist Freddy nicht nur angetrunken – aufgedreht, wie er ist. Es gelang ihm, einen Satz in dessen Monolog reinzuzwängen: »Ich habe einen Fahrer, der bringt uns hin. Ich würde in Begleitung kommen, wenn das okay ist.«

»Wenn sie hübsch ist, jederzeit.«

»Es ist ein Mann.«

»Ach so, das wusste ich nicht.«

»Nein, nein. Er ist mein Partner.«

»*No problem*, ich bin nicht prüde.«

»Mein Geschäftspartner.«

»Ach so, *sorry.*«

Jaime wusste natürlich, wo Can Pep lag. »Ich habe den Vater gekannt«, bemerkte er. Und dann anerkennend: *»Un Señor.«*

Allmen wusste nicht, auf wen diese Aussage gemünzt war, und er vermied es nachzufragen. Denn er hatte Freddys Vater gekannt. Er besaß mehr von einem Gentleman als sein Sohn.

Das Anwesen lag im Innern der Insel. Eine riesige Finca, mit ihren vielen Nebengebäuden und Stallungen fast ein kleines Dorf, das die Kuppe eines Hügels schmückte wie die Krone das Haupt eines Herrschers. Die umliegenden Anhöhen gehörten auch dazu. Ebenso wie bei Can Blanc waren sie früher terrassiertes Kulturland gewesen, bevor die Natur es sich zurückgeholt hatte.

Die Straße, die hinaufführte, war ungeteert, ausgewaschen und ausgefahren. Jaime fuhr vorsichtig und routiniert. »Als ich jung war«, erzählte er, »waren die meisten Landstraßen auf Ibiza so.«

Das letzte Stück der Straße führte aus den Pinien heraus und durch einen Rebberg mit alten Reben, den noch Freddys Vater anlegen ließ. Er kelterte einen Wein nach der einheimischen Methode, den man jung trinken muss, weil er im Januar beginnt, seine Farbe zu verlieren. Er tat es mehr aus kulturellen als aus önologischen Gründen. Den Wein, den er tatsächlich trank, ließ er vorzugsweise vom Festland kommen. Vor allem vom französischen.

Sie fuhren an den ersten Nebengebäuden vorbei und erreichten eine Art Dorfplatz, an dem das Haupthaus lag. Eine alte Frau in der traditionellen Tracht war dabei, halbierte Feigen zu wenden, die auf einem in einen Rahmen gespannten Netz in der Sonne trockneten.

Allmen ging auf sie zu und begrüßte sie. Sie hieß Juanita und hatte schon für George Turnbill gearbeitet. Allmen hatte das Gefühl, sie sei schon damals steinalt gewesen.

Sie schenkte ihm ihr fast zahnloses Lächeln, und Allmen bückte sich für eine Umarmung. Nach ein paar Sätzen Wiedersehenskonversation fragte er: »Ist Freddy drinnen?«

Juanita winkte ab und deutete auf die halboffene Tür des Haupteingangs.

Allmen und Carlos betraten den großen Porxo. Es brannte nirgends Licht, und die wenigen Fenster, schmal wie Schießscharten, ließen kaum Licht herein. Es roch nach Marihuana.

»Freddy?«, rief Allmen.

Als Antwort erfolgte das Kichern von zwei Frauenstimmen aus der Tiefe des Raumes.

Sie gingen in die Richtung, aus der die Stimmen kamen.

Auf einem durchgesessenen Ledersofa waren zwei junge Frauen hingelümmelt, höchstens zwanzig. Eine trug ein buntbedrucktes, langes, ärmelloses Kleid. Die andere hatte ein Batiktuch um die Hüften geschlungen, ihre kleinen Brüste waren unbedeckt. Sie teilten sich einen Joint, und als sie die beiden Besucher sahen, rief eine von ihnen: »Freddy!« Und sie begannen wieder zu kichern.

»Wissen Sie, wo er ist?«, fragte Allmen auf Englisch. Jetzt rief die andere mit verstellter hoher Stimme: »Freddy!« Und beide kugelten sich wieder vor Lachen.

Allmen ging an den beiden vorbei zu einer Treppe, ähnlich der in ihrer Finca. Carlos folgte ihm.

Sie stiegen zwei, drei Stufen hinauf, und Allmen rief halblaut wieder Freddys Namen.

Das Echo der beiden Mädchen folgte sogleich, begleitet von hysterischem Kichern.

Allmen wandte sich um: »Noch einmal, bitte. Aber lauter!« Er hob die Arme und dirigierte: »Eins, zwei, drei …« Und auf vier kreischten die Mädchen: »Freddyyy!«

Als Allmen und Carlos sich wieder umwandten, stand Freddy in der Schlafzimmertür. Zerzaust und unrasiert und in Boxershorts. Ein Schlafschmiss verlief quer über sein Gesicht, und das betroffene Auge war halb geschlossen.

Es dauerte eine ganze Weile, bis er Allmen erkannte und mit belegter Stimme »John!« ausrief. *»Shit! Is it dinner time already?«*

»Lunchtime«, erwiderte Allmen. »Du hast uns zum Mittagessen eingeladen. *Remember?*«

Erst jetzt schien Freddy die kichernden Mädchen zu bemerken. *»Who are they?«,* fragte er Allmen.

»Keine Ahnung.«

Er wandte sich an Carlos: »Und Sie?«

Carlos drehte ratlos die Handflächen nach oben.

»Und wo ist Juanita?«

»Draußen, beim Feigentrocknen«, antwortete Allmen.

Freddy räusperte sich und schrie: »Juanita!«

Und die Mädchen äfften ihn nach: »Juanita!«

»*Sí*«, antwortete ihre Stimme von der Eingangstür her. Vielleicht hatte sie die ganze Zeit dort gestanden.

»Die Herrschaften sind zum Mittagessen hier. Pergola, bitte.« Und zu Allmen und Carlos: »Gebt mir eine Viertelstunde, *please.*«

Eine Dreiviertelstunde später saßen sie zu fünft hinter dem Haus unter einer rebenüberwachsenen Pergola an einem großen Tisch. Juanita und eine junge Frau hatten Pata-Negra-Schinken, getrocknete iberische Schweinelende, Salchichón, Chorizo und verschiedene Manchego-Käse aufgetischt. Dazu gab es Brot, frische Feigen und getrocknete, zwischen deren Hälften geröstete Mandeln geklemmt waren. Der Rotwein stammte nach väterlicher Tradition nicht vom eigenen Rebberg. Nur die Tafeltrauben waren Eigenproduktion.

Freddy besaß nur eine schwache Erinnerung an die beiden Mädchen, von denen die leichtbekleidete jetzt wieder ein Oberteil trug. Sie hatten sich ihm in irgendeiner Disco angeschlossen, niemand erinnerte sich, in welcher. Sie sprachen Dänisch miteinander, wenn sie überhaupt sprachen, denn sie machten sich mit dem Heißhunger der Bekifften über das Essen her. Allmen und Carlos waren gezwungen, miteinander Konversation zu pflegen. In Gegenwart der Däninnen konnten sie das eigentliche Thema nicht anschneiden.

Erst am späteren Nachmittag, nachdem eine der beiden in dem Stoffbeutel, der ihr als Handtasche diente, die Adresse ihrer Pension gefunden hatte und Freddy den Angestellten, der auch als Chauffeur diente, angewiesen hatte, sie dorthin zu fahren, konnten sie ihr Anliegen zur Sprache bringen.

Aber zuerst musste Freddy noch etwas über die beiden Mädchen reden. »Die waren hübsch, nicht?« Er richtete sich an Carlos, der kein Englisch sprach und sich die Frage von Allmen übersetzen lassen musste. Dieser tat es mit sichtlichem Vergnügen.

Carlos nickte. *»Sí Señor, guapas.«*

»Und ich erinnere mich nicht«, stöhnte Freddy. »Ich weiß nicht, ob ich ... du weißt schon. Ob mit der einen oder der anderen, verstehst du? Oder mit beiden. Nichts. Mattscheibe. Blackout. Und fragen konnte ich ja nicht. Hätten Sie gefragt in meiner Situation, Herr ... Darf ich Sie Carlos nennen?«

Allmen übersetzte.

»Sagen Sie ihm, Don John, dass mir diese Situation fremd ist«, bat Carlos würdevoll.

Allmen tat es und leitete mit diesem Satz den Themawechsel in die Wege, der sie endlich zu Boy, dem Koi, führte.

»Ich wusste gar nicht, dass du Garrett kennst. Schon lange?«

»Noch nicht so.«

»Und weshalb hilfst du ihm, seinen Fisch zu finden?«

»Es ist beruflich.«

»Beruflich?« Freddy lachte. »Du hast einen Beruf?« Und dann mitfühlend: »Musst du Geld verdienen?«

Allmen winkte ab. »Quatsch. Mehr Hobby als Beruf.« Er nahm eine Visitenkarte aus seiner Brieftasche und reichte sie ihm.

Freddy klaubte eine Brille aus der Brusttasche seines Safarishirts, reinigte die trüben Gläser mit dem aus dem offenen Hemdkragen hängenden Schal in den Farben und mit dem Wappen der Charterhouse School und las. »Allmen International Inquiries.« Er sah Allmen fragend an und las weiter: *»The Art of Tracing Art?«*

»Genau. Das ist unsere Spezialität.«

»Und jetzt *The Art of Tracing Fish*?« Freddy

fand das sehr komisch und lachte lange. Allmen erinnerte sich, dass er ihm schon in der Charterhouse School manchmal ein wenig auf die Nerven gegangen war.

»Der arme Garrett«, sagte Freddy schließlich, »auch das noch. Früher hat er die rauschendsten Partys der Insel geschmissen. Aber seit er krank ist, gibt es für ihn nur noch seine Kois. Dass er auch zu denen gehört, die so wertvolle besitzen, wusste ich allerdings nicht.«

Freddy wollte Wein nachschenken, musste jedoch feststellen, dass die Flasche leer war, und drückte auf die Klingel, die an einem Pfosten der Pergola angebracht war.

Die junge Angestellte kam fast augenblicklich aus dem Haus. Sie schien mit der Nachbestellung gerechnet zu haben, denn sie brachte eine neue Flasche Wein.

»Wer sind denn die anderen, die wertvolle Kois besitzen?«, wollte Allmen wissen.

»Ach, davon gibt es einige ... Da fällt mir ein: Die Radclyffes geben morgen eine Party. Die haben Kois. Und ich nehme an, ein paar der Gäste auch. Ich nehme euch einfach mit und stelle euch als Koi-Liebhaber vor. Ich hoffe, ihr versteht ein bisschen was von den Viechern.«

Allmen wäre gerne noch geblieben, der Wein

war wunderbar und der Abendwind, der jetzt vom Wald her wehte, erfrischend. Doch Carlos drängte diskret, aber hartnäckig zum Aufbruch. Allmen durfte nicht zu spät ins Bett. Denn morgen mussten sie Kois büffeln.

11

Es war doch zehn geworden, bis Allmen am Frühstückstisch saß. Carlos hatte einen großen Teil der Nacht vor seinem Laptop verbracht und über Kois recherchiert.

Can Blanc besaß ein schnelles WLAN in allen Räumen und einen einwandfrei funktionierenden Printer. So hatte Carlos am Morgen zwei Sätze von Ausdrucken bereitgelegt mit Abbildungen von allen Koi-Arten und deren japanischen Namen, Details über deren Haltung, Pflege, Schönheitsmerkmale und Krankheiten.

Nach dem Frühstück führte Carlos seinen Patrón in ein Nebengebäude. Es musste früher einmal ein Stall gewesen sein und war jetzt ein nach neuestem Standard eingerichtetes Büro.

Dort setzten sie sich gegenüber an einen runden Besprechungstisch. Auf dessen Glasplatte waren die Unterlagen nach Themen geordnet ausgebreitet. An einer Wand war ein großer Bildschirm installiert, auf dem Carlos YouTube-Beiträge zu Kois abspielen konnte.

Allmen war ein zwar lustloser, aber leichter Lerner. Beides ergänzte sich hervorragend, denn wer nicht gern lernt, dem kommt es sehr entgegen, wenn es ihm wenigstens leichtfällt. So hatte er sich die vielen Jahre als Bummelstudent in vielen Fächern und Erdteilen durchgeschummelt, bis zum unerwarteten Tod seines Vaters, der ihn zum Multimillionär gemacht hatte. Für ein paar Jahre.

Diese Leichtigkeit des Lernens hatte Allmen auch später – wenn er vorgab, jemand zu sein, der er nicht war – viele Vorteile gebracht. Das Studium der vielen wechselnden Rollen, die er spielte, bereitete ihm keine Mühe. Namen, Fachausdrücke, erfundene Biographien, Anekdoten, alles hatte er schnell aufgenommen und – wie das bei Schnelllernern so ist – schnell wieder vergessen. Auch die vielen Sprachen, die er beherrschte, hatte er auf diese Weise gelernt und mit seiner musikalischen Begabung auch deren richtige Aussprache.

Bei Carlos verhielt es sich anders. Er besaß keine Routine im Lernen. Er hatte erst mit zwanzig lesen und schreiben gelernt, und es war ihm schwergefallen.

So büffelten die ungleichen Schüler jeder auf

seine Art die Kois. Carlos fragte ab, weil er so den Lernstoff länger vor Augen hatte, Allmen memorierte durch Abfrage, weil er dabei immer wieder abschweifen konnte.

Gegen Abend waren sie beide einigermaßen versierte Koi-Kenner.

12

Lady Radclyffes linke Augenbraue war hochgezogen, und ihre schrägen Augen waren weit aufgerissen, was ihr etwas Erstauntes oder Erschrockenes verlieh.

Allmen kannte die Ursache dieser Mimik: eine kürzlich erfolgte Botoxbehandlung. Wenn deren Wirkung etwas nachgelassen hatte, würde sich ihr Ausdruck entspannen. Bis zu dem Punkt, wo eine neue Botoxbehandlung fällig wurde.

Sie mochte Mitte fünfzig sein, und wenn man Allmen fragen würde, würde er sie pflichtbewusst auf Ende dreißig schätzen.

Aber natürlich wurde er nicht dazu aufgefordert. Freddy stellte sie vor als »John von Allmen, alter Kumpel vom Charterhouse, und sein Businesspartner Carlos, beides große Koi-Liebhaber und Freunde von *good old* Percival«.

»Oh!«, rief Lady Radclyffe aus. »Wie geht es dem armen Percy? Lange nicht gesehen.«

»*Well*«, sagte Allmen, »nicht mehr so gut zu Fuß, aber okay.«

»Wohnen Sie bei ihm?«

»Nein, auf seiner Can Blanc.«

»Oh!«, rief sie wieder. »Ist sie nicht ein Bijou, Can Blanc? Ich würde sie sofort tauschen gegen das hier.« Sie deutete um sich, und es war nicht klar, ob sie das Anwesen, die Leute oder beides meinte. »Can Blanc ist vielleicht die schönste Finca der Insel. Und so geschmackvoll restauriert. Wie schade, dass van Hellstein nicht mehr lebt.«

»Van Hellstein hat für Percival Garrett Can Blanc gemacht. *Good man,* leider …« Freddy ließ die Rechte gen Himmel flattern.

»Wir haben auch ein paar Kois, aber das ist das Hobby meines Mannes. Kommen Sie, ich bringe Sie zu ihm. Aber nicht zu viel Interesse zeigen, sonst kriegen Sie ihn bis morgen früh nicht mehr los.«

Sie führte sie, immer wieder nach links und rechts nickend, durch die Gästeschar. Allmen schätzte ihre Anzahl auf etwa fünfzig, und es trafen immer noch neue ein. Sie standen mit Champagnergläsern und Cocktails in Grüppchen auf dem Rasen neben dem Pool. Eine Flamencogruppe spielte, und die hölzerne Bühne ließ darauf schließen, dass später auch noch getanzt würde. Der Dresscode war Smart Casual, was Allmen hasste. Er bedeutete für viele Männer keine Krawatte, und ohne Krawatte fühlte sich Allmen unangezogen. Er behalf sich manchmal mit einem Seidenschal im offenen Hemdkragen, aber weil er so etwas normalerweise zu Pyjama und Hausmantel trug, fühlte er sich auch so nicht korrekt gekleidet. So hatte er sich trotzdem für eine Krawatte entschieden, wenn auch für eine etwas künstlerische.

Die meisten anderen Gäste trugen sehr freie Interpretationen von Smart Casual. Die Damen viel Haut, die Herren kaum Jacketts.

Das Haus war ein neuerer Bau eines angesagten Architekten, der sich mit Zwittern aus Finca und Schloss auf der Insel einen Namen gemacht hatte.

Bei einem korpulenten rothaarigen Mittsechziger machte sie halt. »*Look*, wen ich dir hier bringe, *darling.*« Und als sie merkte, dass ihm Freddys Name nicht einfiel, rettete sie ihn mit: »Freddy mit zwei Freunden. Koi-Fans!«

Keine fünf Minuten später kauerten sie mit Rupert Radclyffe am Ufer seines Teichs und fütterten seine Kois mit getrockneten Seidenraupen, während Rupert jeden mit Namen vorstellte.

Dreiundzwanzig Kois schwammen in Sir Radclyffes Teich. Nur einer davon war ein Tancho. Und er war eindeutig nicht Boy.

Allmen und ab und zu auch Carlos warfen kennerhaft japanische Namen dazwischen, Showa, Kohaku, Sanke, Shiro Utsuri.

»Ist es nicht sehr aufwendig, in der Schweiz Kois zu halten? Sie müssen ja im Winter das Wasser heizen«, fragte Rupert.

Allmen war von der Frage überrumpelt, aber es gelang ihm, Carlos einzuschalten. »Für die technischen Details ist mein Partner Carlos zuständig. Erlauben Sie.« Und er übersetzte Ruperts Frage und Carlos' Antwort.

»Bei uns ist es verboten, in der kalten Jahreszeit Pools zu beheizen. Es sei denn, man arbeitet mit Sonnenenergie oder Wärmepumpen. Wir haben uns für Wärmepumpen entschieden.«

»Ein Freund von mir in Cornwall, Lord Chatwick, kennen Sie ihn?«

»Ich kannte seinen Cousin«, behauptete Allmen.

»Er hält Kois. An kalten Tagen steigt Dampf von seinen beheizten Teichen auf. Sieht verdammt hübsch aus.«

Allmen improvisierte: »Wir tragen uns mit dem Gedanken, hier etwas zu kaufen und einen Teich zu bauen. Vielleicht können Sie uns ein paar Tipps geben. Mit wem wir bauen sollen. Und vielleicht noch wichtiger: mit wem auf keinen Fall.«

Rupert lachte. »Die zweite Liste wird um einiges länger als die erste. Oh, hier kommt Bill. Bill Livehouse, großer Koi-Halter. Baut gerade einen neuen Teich. Wenn einer Sie beraten kann, dann er.«

Bill war ein kleiner, drahtiger Mann. Er trug eine weiße Hose, einen marineblauen zweireihigen Blazer mit goldenen Knöpfen und ein offenes Hemd.

»Wenn je einer Ihrer Kois krank wird: Das ist der Mann, der ihn wieder gesund macht, nicht wahr, Bill?«

Er lächelte geschmeichelt. »Nun ja, nicht immer, aber manchmal, mit ein wenig Glück …«

»Viel zu bescheiden, Bill. Die ganze Insel bringt ihre Koi-Patienten zu ihm. Und ich habe noch nie von einem erfahren, der nicht überlebt hätte. Das sind Herr von Allmen und sein Partner.«

»Señor de Leon«, half Allmen.

»Freunde von Percy. Möchten einen Teich bauen auf der Insel und wollen wissen, mit wem.«

Sie begrüßten sich britisch, ohne Händedruck.

»Sie züchten?«, fragte Bill interessiert.

»Nur privat«, stellte Allmen richtig, »nicht kommerziell. Liebhaberei.«

»*I see.* Einen Teich wollen Sie bauen? Da gibt es nur einen: Torres. Julio Torres. Mit dem arbeite ich gerade. Reell, professionell, zuverlässig.« Jedes der drei Eigenschaftswörter setzte er in Anführungszeichen, die er in die Luft hakte. »Für hiesige Verhältnisse«, fügte er hinzu.

»Vielleicht dürfen die Herren mal bei dir vorbeischauen«, schlug Rupert vor.

»*Of course*, jederzeit.«

»Vielleicht morgen?«, fragte Allmen.

13

Allmen wäre noch länger bei den Radclyffes geblieben. Die Flamencogruppe war gut, und Jennifer … Aber von Jennifer ein anderes Mal.

Doch Carlos, die Stimme der Vernunft, drängte – penetrant diskret – zum Aufbruch. Und Jaime, der nun schon zum zweiten Mal vom Mayordomo zum Chauffeur mutiert war, wusste das zu schätzen. Sie hatten Freddy versprochen, sich zu melden, wenn sie gingen, falls er mitfahren wollte. Aber Freddy war schon gegangen.

Um noch nicht einmal zwei Uhr früh saßen sie im Porxo. Allmen hatte auf einer nächtlichen Lagebesprechung bestanden. Aber es war ein Vorwand, dass er seinen Nightcap nicht alleine trinken musste. Und weil er nicht wusste, wie man einen Black Martini zubereitet. Und Carlos, wie vermutet, schon.

»Glauben Sie noch immer, dass wir bei den Fischen suchen müssen und nicht bei den Dieben?«, wollte Allmen wissen.

»Schwierig«, seufzte Carlos. »Aber doch, ich glaube es noch immer.«

»Nehmen wir an, es gibt hundert Koi-Teiche auf Ibiza, und in jedem schwimmen zwanzig Kois. Dann müssen wir schlimmstenfalls zweitausend Kois inspizieren.«

»Vielleicht nicht, Don John«, widersprach Carlos. »Sammler sind stolz auf ihre Sammlung. Die zeigen gerne ihre schönsten Stücke.«

»Nicht, wenn sie gestohlen sind«, entgegnete Allmen.

»Wir wissen ja nicht, dass sie gestohlen sind.«

Etwas störte Allmen an dieser Logik. Er überlegte. Plötzlich kam er darauf. »Doch, wir wissen es. Wir sind ja große Koi-Kenner.«

»Sie haben recht, Don John. Wir hätten nicht auf Don Freddy hören sollen. Wir dürfen keine Fachleute sein. Wir müssen wieder Amateure werden.«

Allmen seufzte: »Wissen Sie, was ich noch mehr hasse als lernen, Carlos?«

»Was, Don John?«

»Umsonst lernen.«

Vor dem Einschlafen hörte er das winselnde Bellen der wilden Podencos.

14

Die Finca von Bill Livehouse war etwas geschmacklos. Ein unproportioniertes weißes Haus mit vielen Bogentüren und Bogenfenstern und der Kopie eines unverputzten Steinturmes, wie sie früher die Inselbewohner bauten, um sich gegen die Korsaren zu verteidigen.

Auf dem Terrain stand ein Lastwagen mit einem Kranaufbau, der dabei war, einen großen Findling in den Teich hinabzulassen.

Bill kam auf sie zu und erklärte: »Das wird eine Insel. Zwei Brücken werden darauf führen. *Beautiful*, nicht?«

Allmen und Carlos bestätigten es inbrünstig.

Ein hagerer Mann in Shorts und T-Shirt und mit einer New-York-Yankees-Schildmütze stand am Rand des noch leeren Teiches und dirigierte den Kranführer.

»Julio ist gerade beschäftigt, wollen Sie so lange die Fische anschauen?«, fragte Bill.

Der noch leere Teich war durch eine Art Kanal mit einem benachbarten verbunden. Dieser war gefüllt, ein Schleusentor hielt das Wasser zurück. »Morgen beginnen wir den Teich zu füllen. Dann öffnen wir die Schleuse«, erklärte Bill. »Haben Sie Lust, das zu sehen?«

Er persönlich hätte große Lust, versicherte Allmen.

»Dann rufe ich Sie an, bevor wir es tun.«

»Rufen Sie besser meinen Partner an, er ist für *appointments* zuständig.«

Carlos gab ihm seine Nummer.

Der alte Teich war nierenförmig und etwas kleiner als der neue. An einer Stelle der Längsseite führte eine Treppe zu einer Plattform hinunter. Ein Stück Wand zum Pool war verglast. Als die Kois die Schritte auf der Treppe spürten, stachen sie herunter.

Bill Livehouse drückte auf einen Knopf, und ein schmaler Metallbehälter senkte sich der Scheibe entlang in die Tiefe. Ein zweiter Knopf öffnete den Deckel des Behälters, das Wasser drang ein und ließ die Häppchen nach oben treiben.

Die Kois stürzten sich darauf und boten sich in ihrer ganzen Schönheit den Blicken der Betrachter dar.

»Ich erfunden«, erklärte Bill stolz.

Auch Bill kannte seine Fische mit Namen und Alter, wusste, welche er bei den großen europäischen Züchtern erstanden und welche er persönlich in Japan abgeholt hatte.

Allmen nutzte die Gelegenheit, etwas von seinem frisch angeeigneten Fachwissen anzubringen: »Haben Sie auch einen Tancho?«

Bill Livehouse winkte ab. »Tanchos sind überschätzt. Wenn sie nicht perfekt sind, das richtige Weiß, die richtige Form, der richtige rote Fleck auf der Stirn, nicht zu groß, nicht zu klein, und der am richtigen Ort, nicht zu nahe an den Augen, nicht zu nahe am Schuppenrand, und so weiter. Ein Tancho, bei dem nicht alles stimmt, ist überbezahlt. Und einer, bei dem alles stimmt, ist unbezahlbar. Nein, nein, ich halte mich an meine Gosanke, Koromo oder Goshiki.«

Allmen und Carlos nickten kennerhaft. Garretts Boy war in diesem Fall nicht unter ihnen.

Als sie wieder die Treppe hinaufgingen, sahen sie die Erklärung für den geheimnisvollen Fütterungsmechanismus: Am Teichrand kauerte ein Mann in mittleren Jahren und füllte den Metallbehälter mit den Häppchen. »Wenn ich auf den linken Knopf drücke, leuchtet das linke Lämpchen, und Burt lässt das Futter runter. Wenn ich auf den rechten drücke, öffnet er den Deckel. Wenn ich wieder auf den linken drücke, zieht er ihn wieder hoch. Genial, nicht?«, grinste er.

In der Zwischenzeit war der Felsbrocken so im Teich positioniert, dass Julio Torres entbehrlich war. Vielleicht war er von Natur aus sehr herzlich, vielleicht hatte Bill ihn aber auch schon darüber informiert, dass zwei Leute ihren Besuch angemeldet hatten, die einen Teich bauen wollten. Die Begrüßung war jedenfalls ausnehmend freundlich. So, wie Allmen die Inselbewohner bei seinen Besuchen auf der Insel kennengelernt hatte, tippte er eher auf Letzteres.

»Wo haben Sie gekauft?«, fragte er als Erstes.

»Oh, wir sind erst angekommen. Wir suchen noch. Vielleicht können Sie uns ja helfen.«

Torres war eine kurze Enttäuschung anzumerken, die er sofort überspielte. »Die Marktsituation ist ziemlich angespannt. Sagen Sie mir einfach, was Sie ungefähr suchen, dann finden wir schon etwas.«

»Wir suchen etwas Großes«, sagte Allmen. Und Carlos fügte hinzu: »Mit viel Land. Wegen dem Teich.«

Jetzt war Julio Torres noch eine Spur beflissener.

»Mit dem größten Vergnügen«, versicherte er, als Allmen sich erkundigte, ob er ihnen nicht ein paar außergewöhnliche Teiche zeigen könne, die er gebaut habe.

Torres musste nicht lange überlegen. »Fangen wir mit dem außergewöhnlichsten an.«

15

Der außergewöhnlichste Teich gehörte Vittorio Gianinazzi. Noch am gleichen Tag fuhren sie zu seiner Villa.

Julio Torres stellte sich vor die in die Mauer eingelassene Kamera und klingelte. Das Tor glitt zur Seite und gab den Blick frei auf einen kitschigen, als alte Finca verkleideten modernen Neubau, wahrscheinlich vom selben Architekten wie die der Radclyffes.

Ein kleingewachsener Bodybuilder kam auf sie zu. Torres sprach ihn mit Vornamen an: Giacomo.

»Non è lì«, er ist nicht da, sagte Giacomo zur Begrüßung.

»Und Fernando?«

»Fernando ist bei den Fischen.«

Sie folgten dem kleinen Muskelpaket hinter das Haus. Dort, im technischen Raum neben einem Teich, fanden sie Fernando, einen hageren Mann mit scharfgeschnittenem Gesicht und einem dichten, rabenschwarzen Dreitagebart. Er war dabei, das Sieb eines Überlauffilters mit einem Hochdruckschlauch von Algen zu reinigen, und bemerkte die Besucher erst, als Giacomo ihm auf die Schulter tippte. Auch er sprach Italienisch. Und auch er sagte: »Vittorio *non è lì.*«

Torres stellte Allmen und Carlos vor. »Die beiden Herren sind Koi-Liebhaber. Sie möchten nur die Fische sehen.«

Man konnte es Fernandos Gesicht ansehen, dass ihm die Bitte nicht gelegen kam. Aber er beendete die Filterreinigung und führte sie zu einer Stelle, von der aus sie die Fische mit Häppchen füttern und liebkosen konnten.

Fernando blieb die ganze Zeit hinter ihnen stehen und beantwortete die Fragen, die Allmen und Carlos stellten.

Als sie die Fische gebührend bewundert hatten, sagte Torres: »Die beiden Herren erwägen auch die Option eines Indoor-Teiches. Dürfen sie auf den von Signore Gianinazzi auch noch einen kurzen Blick werfen?«

»Da müssen Sie Signore Gianinazzi fragen«, antwortete Fernando.

»Aber Sie sagten doch, er sei nicht hier.«

»Wenn er zurückkommt.«

»Und wann ist das?«

»Ferragosto. Für das große Fest. In zwei Tagen.«

»Aber ich bin hier doch immer ein und aus gegangen. Ich habe den Teich ja gebaut.«

Fernando zuckte mit den Schultern. »So lauten meine Anweisungen. *Mi dispiace*, tut mir leid.«

Auf der Rückfahrt sagte Allmen: »Dann kommen wir an Ferragosto wieder.«

»Da muss man eingeladen sein.«

»Vielleicht ist Freddy eingeladen.«

Torres saß noch immer kopfschüttelnd hinter dem Steuer. »Ich hatte immer Zugang zum Indoor-Pool. Immer. Das verstehe ich nicht.«

»Vielleicht wollte er keine Zeit mehr verlieren«, vermutete Allmen. »Er war ja im technischen Raum beschäftigt.«

»Zeit verlieren? Haben Sie die Tür neben der Filteranlage gesehen? Das ist der Eingang zum Indoor-Pool!«

16

Yuki und Yuma begrüßten ihren Besuch mit mehreren Verbeugungen. Allmen, der oft nach Japan gereist war und sich in den Gepflogenheiten dort auskannte, erwiderte die Verbeugungen. Carlos versuchte, ihn nachzuahmen. Es geriet ihm etwas linkisch.

Sie befanden sich in einer Art Büro neben dem technischen Raum. An den Wänden hingen Bilder von Kois, die Regale waren mit Büchern und technischen Handbüchern gefüllt. An die übrigen

Wände reihten sich Gestelle mit Ersatzteilen, Chemikalien und Schachteln und Säcken mit verschiedenen Arten von Fischfutter. Es roch nach Trockenfutter und Fisch.

In der Mitte des Raumes waren zwei Schreibtische zusammengeschoben. Auf jedem stand ein Computer. Die beiden Koi-Pfleger schoben zwei Stühle an die Schmalseite und baten Allmen und Carlos sehr förmlich, darauf Platz zu nehmen. Dann setzten sie sich an ihre Schreibtische.

Allmen hätte gerne herausgefunden, wer von den beiden die Ohrfeige ausgeteilt und wer sie erhalten hatte. Aber die Distanz war zu groß gewesen und die Kleidung zu gleich.

Allmen hatte Garrett angerufen und darum gebeten, mit den beiden Japanern ein Gespräch führen zu dürfen. Sie würden gern erfahren, ob diese irgendetwas Verdächtiges oder Ungewöhnliches bemerkt hatten.

Es dauerte noch zehn Minuten, bis sie endlich zum Thema kommen konnten.

Allmen fragte, wann sie den Diebstahl bemerkt hätten.

Der Mann namens Yuki antwortete: »Wir wechseln uns ab mit Frühaufstehen. Ich war an jenem Tag an der Reihe. Ich machte die erste Fütterung bei Sonnenaufgang, es war etwa sieben.«

»Und dann haben Sie gleich bemerkt, dass Boy fehlte?«

»Boy ist immer der Erste, der kommt.«

Und Yuma ergänzte: »Und an diesem Morgen kam er nicht.«

»Und was haben Sie dann gemacht?«, wollte Allmen wissen.

»Gesucht.«

So viel hatte Carlos verstanden. Er raunte Allmen zu: »Fragen Sie, wie er gesucht hat, Don John.«

Aber auch die beiden Japaner hatten offenbar in ihrer Zeit auf Ibiza etwas Spanisch gelernt. Yuki antwortete: »Geschnorchelt. Mit der Taucherbrille. Könnte krank sein. Oder verletzt. In der Laichzeit verletzen sie sich manchmal.«

Und wieder ergänzte Yuma: »Aber Boy war weg.«

Bei der nächsten Frage kam Carlos Allmen zuvor: »Und haben Sie irgendwelche Spuren gefunden, Señor?«

Die beiden Japaner wechselten einen Blick. Yuki stand auf, ging zu einem Schrank und kam mit zwei Gegenständen zurück. Einem schwarzen Gummiring und etwas aus Alufolie, ein kleines Stück Abfall.

»Solche Gummiringe braucht man, um den

Transportbeutel für Fische zu verschließen. Und das ist ein Blister für Sauerstoffpillen.«

Der Blister war eine Sichtverpackung für vier größere Tabletten. Oben durchsichtige Folie, unten Aluminium. Auf einer der vom Herausdrücken der Pille zerrissenen Folie war der Aufdruck »C o« zu erkennen.

Yuki erklärte: »Das brauchen die Fische im Beutel für den Transport.«

»Wie groß ist Boy?«, fragte Allmen.

»Beinahe einen Meter. Und 23 Kilo schwer.«

»Und wie fängt man einen solchen Riesenfisch?«, wollte Carlos wissen.

»Es braucht drei Mann. Jeder mit einem Kescher«, erklärte Yuki.

»Drei Mann, die etwas davon verstehen, nehme ich an«, ergänzte Carlos.

»Hoffentlich. Sonst verletzt sich der Fisch. Oder er bekommt einen solchen Schock, dass er stirbt.« Und nach einer Pause fügte Yuma fast flehentlich hinzu: »Ich hoffe sehr, dass sie etwas davon verstehen.«

Es war Allmen, der die letzte Frage stellte. Nicht die einfallsreichste, wie er selbst fand, noch während er sie aussprach: »Und Sie haben keine Ahnung, wer das sein könnte?«

Der Weg zum Wagen führte sie am Pool vorbei.

Akina schwamm dort ihre Bahnen. Carlos sah diskret zur Seite.

Allmen nicht.

17

Sie saßen wieder am grobbehauenen Olivenholztisch unter dem mächtigen Feigenbaum. Die Abenddämmerung hatte etwas Wind aufkommen lassen, der die heiße Luft des vergangenen Tages sacht in Bewegung brachte.

Es war still, nur der Schrei eines Waldkauzes oder einer Zwergohreule drang manchmal aus dem nahen Wald. Für das ferne Wummern der Disco war es noch zu früh.

Allmen trank *»une piscine«*, wie es die Franzosen nennen. Ein Rotweinglas Champagner mit ein paar Eiswürfeln. Nur hatte Marta, die Haushälterin, den Champagner durch einen Avant Brut Reserva ersetzt, einen sehr angenehmen Cava aus Aglianico-Trauben, der es mit manchem französischen Champagner aufnehmen konnte. Carlos trank Wasser, das einzig Frivole daran war die Kohlensäure.

»Ich hatte ja beobachtet«, eröffnete Allmen seinem Partner, »wie die beiden Japaner einen lautstarken Streit hatten, der damit endete, dass der eine den anderen ins Gesicht schlug.«

»Welcher welchen?«, fragte Carlos.

»Ich weiß es nicht.«

»Beide waren laut?«, wollte Carlos wissen.

»Nein, einer war laut, bis der andere zuschlug.«

»Bei allem Respekt, Don John: Warum haben Sie vorhin nicht gefragt, worum es ging?«

Allmen war auf die Frage vorbereitet: »Ich wollte nicht, dass sie wissen, dass ich es gesehen habe.«

»Verstehe«, gab Carlos zurück. Es klang nicht überzeugt.

»Die Japaner sind verdächtig, oder?«, fragte Allmen nach einer Weile.

»Und der Señor, der uns den Indoor-Pool nicht zeigen wollte.«

»Fernando.«

Carlos nickte. »Er hat etwas zu verbergen.«

»Und weiß, wie man mit Kois umgeht«, fügte Allmen hinzu.

Carlos sah, dass Allmens Glas leer war. Er nahm es, kippte die angeschmolzenen Eiswürfel auf den Boden und füllte es neu. Dann fischte er mit der Eiszange einen neuen Würfel aus dem Eisbehälter und senkte ihn vorsichtig in den Cava, damit das Glas nicht überschäumte. Im gleichen Prozedere ließ er dem ersten noch drei weitere folgen.

Allmen bedankte sich und trank nachdenklich einen Schluck. »Ich hoffe, wir haben nicht recht«, sagte er nachdenklich.

»Weshalb, Don John?«

»Ich würde ganz gerne noch eine Zeitlang hierbleiben. Sie nicht, Carlos?«

»Offen gestanden, Don John – María. Ich vermisse sie.«

»Dann wollen wir hoffen, dass wir den Fall so bald wie möglich lösen.«

Carlos lächelte. »Ein bisschen Zeit können wir uns schon noch lassen. Je länger die Trennung, desto schöner das Wiedersehen.«

Jetzt lächelte auch Allmen.

In der Ferne war ein Motor zu hören, der rasch näher kam. Ein Scheinwerferpaar tauchte auf und verschwand, richtete sich auf sie und drehte wieder ab.

Im Nebengebäude, wo Marta und Jaime wohnten, öffnete sich die Tür. Einen Moment lang sah man die Umrisse von Jaime. Sie lösten sich von dem erhellten Viereck, und es war nur noch der Lichtkegel einer Taschenlampe zu sehen.

Das Fahrzeug hatte jetzt den Vorplatz der Finca erreicht. Ein hoher, heller SUV. Die Scheinwerfer gingen aus, die Tür wurde geöffnet, die Innenbeleuchtung ging an, und kurz hoben sich die Umrisse einer Frau vom Hintergrund ab. Die Tür schlug zu, und es wurde wieder dunkel.

Es ließ sich erahnen, dass die Frauengestalt auf den Feigenbaum zukam.

Aber auch Jaime näherte sich rasch. Noch bevor die Frau sie erreicht hatte, erfasste sie der Lichtkegel. Sie schützte mit dem Handrücken die Augen, aber Allmen erkannte sie: Akina.

Er erhob sich und ging ihr die verbleibenden paar Schritte entgegen.

Carlos war schon aufgestanden und ging auf die Finca zu. Allmen und Akina begrüßten sich förmlich mit zwei Wangenküssen. Dann winkte sie Jaime zu. Er bot ihr einen Stuhl an.

Sie setzte sich, und die Kerzen der zwei Windlichter auf dem Tisch tauchten ihre schönen Züge in ein schwaches, goldenes Licht.

»Welch wunderschöne Überraschung«, sagte Allmen.

»Wenn Sie etwas brauchen«, sagte Jaime, »Sie finden mich und Marta dort drüben.«

Jetzt erst bemerkte Allmen Jaimes versteinerten Gesichtsausdruck. Sie sahen ihm nach, wie er auf das kleine Nebengebäude zuging und darin verschwand. Carlos kam mit einem Glas, einer neuen Flasche Cava und frischem Eis. Sogar Mandeln und Feigen brachte er mit.

Er stellte alles auf den Tisch, schenkte ein und zog sich diskret zurück.

18

Wieder war von Akina nur ein schwacher exotischer Duft nach Tiaré zurückgeblieben, als Allmen erwachte.

Das Klappern eines losen Fensterladens hatte ihn geweckt. In der Nacht war Wind aufgekommen, der sich in den Morgenstunden zu einem Sturm entwickelt hatte. Als Allmen den Laden festmachte und das Fenster schloss, sah er in der Ferne das Meer. Die Wellen hatten es quergestreift.

Es war kurz nach acht, viel zu früh für Allmens Rhythmus. Der spanische Tagesablauf kam ihm sehr entgegen: Spät aufstehen, spät zu Mittag essen, spät zu Abend essen, spät zu Bett gehen. Aber wo ihn nun schon einmal der Sturm geweckt hatte, konnte er auch gleich aufstehen und sich Carlos anschließen, der sich mit Marta zum morgendlichen Marktgang verabredet hatte. Er wollte dort für María ein paar Fotos machen. Dass er sie allein zurückgelassen hatte, lag ihm etwas auf dem Gewissen.

Allmen liebte Märkte. Willst du eine Stadt kennenlernen, sagte er immer, geh auf den Markt. Ein guter Rat, den er allerdings nur selten befolgte. Die meisten Märkte öffneten zu früh.

Aber der von Ibiza passte sich dem Tagesrhythmus seiner Bewohner an. Vor halb zehn war dort noch nicht viel los.

Die Markthalle empfing sie mit dem Duft nach gekochten Linsen und Kichererbsen, das war das ganze Angebot des ersten Marktstandes neben dem Eingang. Linsen und Kichererbsen, getrocknet, eingeweicht oder gekocht. Marta kaufte von beidem, und Carlos filmte sie dabei mit seinem Smartphone.

Ein paar Schritte weiter wurde der Duft verdrängt von den Gerüchen der verschiedenen Tapas, die in der Bar daneben serviert wurden: gebratene Leber, Nieren, Calamares, Camarones und Gambas al Ajillo, in viel Olivenöl mit viel Knoblauch gebratene Garnelen, in glasierten Tonpfännchen serviert.

Allmen hätte sich gerne an eines der runden Tischchen gesetzt, aber alle waren besetzt von Marktgängern, die sich stärkten. Und auch am Tresen drängten sie sich in zwei Reihen.

Marta bahnte ihnen resolut einen Weg durch die Wartenden vor dem Schinkenstand, wo es alles gab, vom billigen Kochschinken bis zum zwei Jahre gelagerten Jamón de Bellota, dem Schinken der mit Eicheln gefütterten iberischen Schweine.

Und wieder wurde der Geruch von einem anderen abgelöst: Fisch. Der Korridor, durch den sie sich jetzt drängten, war flankiert von eisbedeckten Theken, auf denen Fische in allen Stadien der Zerlegung präsentiert wurden, neben Weich- und Krustentieren, Muscheln und anderen Meeresfrüchten.

Carlos filmte jetzt ständig, um María einen Eindruck von diesem Rummel und Lärm zu vermitteln. Hinter einer besonders großen Auslage standen zwei üppige Fischverkäuferinnen. Als Carlos sah, wie tief ihre Dekolletés waren, schwenkte er brüsk auf die Gegenseite. Allmen lächelte in sich hinein und dachte: María.

Schwerbeladen mit Einkäufen verließen sie die Markthalle und gingen zum Parkplatz ihres Wagens. Carlos trug die schwerste Tasche. Die zweitschwerste hatte Allmen Marta galant abgenommen. Jetzt trug sie auch Carlos.

Er ließ es nicht zu, dass sein Patrón schwer trug.

Nach der Siesta, auch eine spanische Tradition, die Allmen respektvoll übernommen hatte, erwartete ihn Carlos im Porxo mit einem Lapsang Souchong, den er von zu Hause mitgebracht hatte.

Allmen, der die Vorzüge eines heißen Getränks in heißen Gegenden zu schätzen wusste, bedankte sich und setzte sich in den Sessel, den er in dieser kurzen Zeit zu seinem Stammplatz gemacht hatte. Er genoss den Tee und schwieg, etwas, das man in Carlos' Gegenwart normalerweise hervorragend tun konnte.

Aber diesmal spürte er eine Unruhe, die er von seinem Butler und Partner nicht gewohnt war. Er blickte auf und sah, dass Carlos etwas auf der Zunge brannte.

»Ja, Carlos?«

»Entschuldigen Sie die Störung, Don John. Aber …«

Er griff in die Tasche seines Jacketts, nahm sein Smartphone heraus, stellte sich neben Allmen und zeigte ihm ein Video.

Es zeigte die Fischabteilung des Marktes, die Tresen, das Gedränge und den abrupten Schwenk kurz vor den dekolletierten Fischhändlerinnen.

Die Kamera fuhr unruhig über die Marktbesucher und Fischhändler auf der Gegenseite.

»Don John, haben Sie es gesehen?«

Allmen hatte nichts gesehen.

Carlos ließ den Clip ein bisschen zurücklaufen und dann mit vergrößertem Bildausschnitt wieder vor. Er stoppte das Bild, legte den Finger auf den

Filmstreifen am unteren Bildrand und fuhr ein paar Einzelbilder zurück.

In der Lücke zwischen zwei sich kreuzenden Passanten sah Allmen kurz, aber scharf zwei Männer an die Abtrennung zweier Tresen gelehnt. Ein großer südländischer Typ und ein kleiner asiatischer. Sie sprachen miteinander und blickten plötzlich auf und direkt ins Objektiv.

Fernando und Yuma.

Die Lücke der sich Kreuzenden schloss sich, und die Kamera schwenkte weiter.

Zweiter Teil

1

Am nächsten Tag waren sie mit Freddy Turnbill auf seiner Finca zum Frühstück verabredet. Allmen hatte die Einladung spontan angenommen, weil er davon ausging, dass Freddy ein später Frühstücker war. So verhielt es sich denn auch: *»Elevenish«*, war die Zeitangabe.

Als sie um etwa Viertel nach elf auf der ausgefahrenen Straße zu Can Pep hinauffuhren, folgte ihnen ein Geländewagen der Guardia Civil, schloss ganz nahe zu ihnen auf und hupte. Jaime fuhr zur Seite und ließ ihn durch.

»Gibt es da oben noch andere Häuser außer Can Pep?«, wunderte sich Allmen.

Jaime schüttelte den Kopf. »Nur Can Pep.« Sie fuhren schweigsam weiter.

Auf dem Platz vor dem Haupthaus parkte der Wagen der Guardia Civil. Kein Mensch war zu sehen.

Allmen und Carlos stiegen aus und machten sich auf die Suche nach irgendjemandem.

Der Tisch unter der Pergola hinter dem Haus war gedeckt für drei Personen. Auf dem Stuhl am Kopfende saß die alte Juanita. Allmen ging zu ihr. Sie weinte und zitterte. Als er ihr die Hand auf die Schulter legte, schrak sie auf und schrie.

»Juanita«, sagte Allmen sanft, »was ist los?«

Sie konnte nicht sprechen. Sie deutete nur aufs Haus und schluchzte.

Allmen und Carlos gingen zurück zur Vorderseite. Ein zweites Fahrzeug kam gerade an und parkte neben dem Geländewagen. Ein jüngerer Mann stieg aus, holte ein Köfferchen aus dem Kofferraum und ging auf die Tür zu, in der jetzt ein Uniformierter stand.

Der Mann mit dem Köfferchen grüßte den von der Guardia Civil wie einen Bekannten und ging hinein.

Allmen wandte sich zu Carlos um, aber der war verschwunden. Wer keine Papiere hat, macht einen Bogen um die Guardia Civil.

Der Uniformierte winkte Allmen nun mit einer herrischen Handbewegung zu sich heran. Er musste sich ausweisen und erhielt den Befehl, sich bis auf weiteres zur Verfügung zu halten.

Allmen setzte sich auf eine Bank im Schatten

eines Nebengebäudes und beobachtete die Vorgänge.

Nach kurzer Zeit kam der Mann mit dem Köfferchen heraus, stieg in seinen Wagen und fuhr los. Gleich darauf erschien ein Minibus mit fünf Insassen, die mit viel Gepäck das Haus betraten.

Und dann ein schwarzer, fensterloser Kombi. Zwei Männer stiegen aus, öffneten die Hecktür und zogen eine graue Tragbahre mit Deckel heraus.

2

Es war später Nachmittag, als sie endlich in Can Blanc ankamen. Allmen und Jaime hatten lange warten müssen, bis sie endlich von der Guardia Civil befragt wurden. Und als man sie endlich entließ, mussten sie weiterwarten, bis die Uniformierten und die Beamten von der Spurensicherung gegangen waren. Erst dann konnten sie Carlos holen, der sich irgendwo auf dem Grundstück versteckt hielt.

Die Wartezeit verbrachten Allmen und Jaime damit, Juanita auszufragen. Die alte Ibizenca sprach kaum Spanisch, und Jaime musste den Dolmetscher spielen.

Was war geschehen?

Als Juanita zur Arbeit kam, war von Freddy noch keine Spur zu sehen. Das war normal, vor zehn Uhr war er nie anzutreffen, und manchmal wurde es noch später. Es kam auch immer wieder vor, dass er erst gegen Mittag nach Hause kam, weil er in einer Disco war, die erst in den Morgenstunden öffnete.

Auch über die Unordnung machte sich Juanita keine Gedanken. Es kam oft vor, dass Señor Freddy in der Nacht Partyvolk mitbrachte, das dann weiterfeierte und alles auf den Kopf stellte.

Sie rechnete so um zehn mit einem ersten Lebenszeichen von ihrem Patrón, denn er hatte ja an diesem Tag Gäste zum Frühstück um elf Uhr eingeladen.

Sie begann mit Sandra, der jungen Angestellten, aufzuräumen und das Frühstück vorzubereiten.

Als er um halb elf noch nicht aufgetaucht war, schickte sie Sandra die Treppe hinauf, damit sie an die Schlafzimmertür klopfte.

Um zehn vor elf schleppte sie sich selbst die Treppe hinauf. Sie klopfte und wartete, klopfte wieder und wartete. Nach dem dritten Mal öffnete sie vorsichtig die Tür.

Freddys Schlafquartier sah noch schlimmer aus als der Porxo. Die Schubladen aller Kommoden waren herausgerissen und ausgekippt. Das Büchergestell war geleert, die Bücher auf dem Boden verstreut, vermischt mit Jacketts, Hosen, Hemden, Schuhen und Unterwäsche.

Die Tür ließ sich nicht ganz öffnen, sie war auf halbem Weg blockiert. Juanita sah dahinter und stieß einen Schrei aus.

Freddy Turnbill lag auf dem Rücken, Augen und Mund weit aufgerissen. Sein Kopf in einer Blutlache, die von einer großen Verletzung seines Schädels stammte.

So schnell sie konnte, ging sie die Treppe hinunter und wählte die Notfallnummer.

Nachdem Freddys Leiche weggebracht worden war, musste Juanita mit einer Frau des Spurendienstes eine Bestandsaufnahme machen und ihr sagen, was fehlte.

Die ganze Film- und Fotoausrüstung war verschwunden. Und alle Computer, das Heimkino, die Hightec-Musikanlagen, das achtundvierzigteilige Familiensilber aus dem achtzehnten Jahrhundert und der Inhalt des Safes.

»Haben sie den aufgebrochen?«, erkundigte sich Allmen.

Jaime übersetzte Juanita die Frage. Sie schüttelte den Kopf.

»Dann war es jemand, der den Code kannte?«

Jaime dolmetschte die etwas längere Antwort:

»Señor Turnbill konnte sich die Kombination nicht merken und benutzte den Schlüssel.«

Juanita fügte noch etwas hinzu. »Und den ließ er meistens stecken«, übersetzte Jaime.

»Verstehe«, nickte Allmen.

Und er verstand es wirklich. So etwas könnte ihm auch passieren.

Als die Luft rein war, kam Sandra und fragte, ob sie den *centroamericano* holen solle.

»Sie wissen, wo er ist?«, wunderte sich Allmen.

Sandra lächelte, nickte und entfernte sich. Nach einer Weile kam sie mit Carlos zurück. Ein paar hellbraune Daunen hafteten an seinem Sakko.

Allmen, der über ein Riechorgan verfügte, von dem er manchmal wünschte, es wäre weniger gut, fand, er dufte etwas seltsam. Aber er stellte keine Fragen. Und auch Carlos überging das Thema diskret.

Sandra musste ihm über die Geschehnisse berichtet haben, denn als sie im Auto saßen, sagte Carlos: »Don John, ich wiederhole es nochmals: Diebe sind nicht gefährlich. Nur wenn man sie auf frischer Tat ertappt.«

»Glauben Sie, genau das ist passiert? Freddy ist spät nach Hause gekommen, hat die Einbrecher erwischt, und die haben ihn erschlagen?«

»Ja, Don John. Sie nicht?«

Nach einer Pause antwortete Allmen: »Hoffentlich haben Sie recht, Carlos.«

3

Allmen konnte nicht einschlafen. Es war eine schwüle, windstille Nacht. Immer wieder hörte er das hohe Gebell der wilden Podencos und das ferne Wummern der Disco; es erinnerte ihn an Freddy Turnbill, der jetzt in irgendeinem Leichenschauhaus lag.

Er schloss das Fenster und setzte die Klimaanlage in Gang. Sofort zog ein kalter Luftzug durchs Schlafzimmer. Und gemahnte ihn wieder an Freddy.

Er zog eine leichte Baumwollhose an und ein weißes Leinenhemd, das er über den Hosenbund hängen ließ. Die Ärmel krempelte er bis über die Ellbogen hoch, schlüpfte in ein Paar Sandalen und ging hinunter in den Porxo.

Er hatte Lust auf ein Bier, manchmal der beste Sommerschlummertrunk. In der Küche, in einem riesigen Kühlschrank, fand er eines. Danach begab er sich auf die Suche nach einem Flaschenöffner.

Nach zehn Minuten gab er die Suche auf und schenkte sich an der Hausbar im Porxo einen Solera Gran Reserva Brandy in einen Schwenker und ging hinaus in die Hochsommernacht.

Der Mond war fast voll, aber der Himmel hatte sich überzogen. Nur ein kleines Stück war von ihm zu sehen. Allmen ging unsicher über den unbeleuchteten Weg zur großen Feige. Er setzte sich an den grobbehauenen Olivenholztisch und starrte in die dunkle Nacht hinaus.

Freddy tot. Ein seltsamer Gedanke. Der Tod passte nicht zu ihm. Es gab andere, auch solche, mit denen er an der Charterhouse School war, die er sich tot vorstellen konnte. Nein, nicht tot vorstellen: Von denen er sich vorstellen konnte, dass sie nicht mehr am Leben waren. Aber Freddy nicht.

Nicht weil er besonders lebenslustig oder vital gewesen wäre, das war er nicht. Es lag an seiner Selbstverständlichkeit. Er hatte schon im Charterhouse zum Inventar gehört. Freddy war nicht ausgesprochen beliebt oder unbeliebt, auf keinem Gebiet besonders begabt oder besonders unbegabt. Freddy war einfach Freddy. Man konnte immer auf ihn zurückgreifen, ohne ein schlechtes Gewissen haben zu müssen, wenn man sich nicht besonders dankbar dafür erwies. Nichts konnte ihm etwas anhaben. Und so würde es immer sein.

Nein. Freddy tot, das ging nicht.

Allmen spürte, wie sich seine Augen mit Tränen

füllten. Auch das passte nicht zu Freddy Turnbill: um ihn weinen.

Er nahm einen Schluck aus dem Kristalltumbler in den Mund, behielt ihn dort, während die Tränen jetzt ungehindert über seine Wangen flossen.

Zum Glück verdeckten die Wolken den hellen Mond.

Allmen rollte den linken Ärmel hinunter und trocknete sich die Augen mit der Manschette. Danach rollte er ihn wieder hoch.

Hatte er ein Geräusch gehört? Waren die wilden Hunde wieder unterwegs?

Er verhielt sich still. Jetzt, ganz deutlich, das Knacken von trockenem Holz.

Allmen hatte das Gefühl, dass ihm jemand eine ganz leichte, eiskalte Hand kurz auf den Nacken gelegt hatte.

Es gab einen Riss in der Wolkendecke, und der Mond warf sein weißes Licht auf die Szenerie.

Zwei Menschen gingen über das Feld. Zwei Männer. Sie kamen aus der Richtung der Nebengebäude. Allmen sah ihrer Gehweise an, dass sie versuchten, möglichst keine Geräusche zu machen.

Er konnte nicht erkennen, wer sie waren. Aber sie schienen hier nicht fremd zu sein. Beide schienen etwas zu tragen. Was es war, konnte er nicht erkennen.

Die Wolkendecke schloss sich wieder, das Mondlicht erlosch.

Allmen wartete reglos. Er sah, wie sie im Wald verschwanden. Mehrmals blitzte zwischen den Bäumen ein grelles Licht auf. Erst als es eine ganze Weile dunkel blieb, ging er, so rasch und leise er konnte, zur Finca zurück. Er verriegelte die doppelflügelige Eingangstür.

Sollte er die Treppe zu Carlos' Quartier hinaufsteigen und ihn wecken?

Nein, beschloss er. Die Männer waren ja weg. Und wenn er Carlos Angst einjagte, würde er selbst noch ängstlicher werden.

So stieg er seine Treppe hinauf und schloss sich in seine Suite ein.

Allmen schaltete die Klimaanlage aus und machte die Fensterläden zu. Er öffnete die Fenster, legte sich in den Kleidern aufs Bett und versuchte einzuschlafen.

Doch immer wieder ertappte er sich dabei, dass er angestrengt horchte. Zweimal glaubte er, aus großer Ferne Schüsse zu hören.

Irgendwann schlief er ein. Als ihn der Schrei des Waldkauzes aus dem Schlaf riss, war es noch immer tiefschwarze Nacht.

Wer waren die zwei Männer gewesen? Ein später Besuch von Jaime und Marta? Aber warum zu

Fuß? Und warum auf leisen Sohlen über das Feld, statt auf dem Weg?

Was führten zwei Männer im Schilde, die sich mitten in der Nacht bei einer abgelegenen Finca herumtrieben? Nichts Gutes, bestimmt nicht.

Wieder schrie der Waldkauz. Und wieder berührte etwas Eiskaltes Allmens Nacken.

Er hatte eine Vision von Jaime und Marta, wie sie in ihrem kleinen Haus in einer Blutlache lagen. Wie Freddy.

Hatte Freddy wirklich Einbrecher überrascht? Oder war das Ganze inszeniert, um diesen Eindruck zu erwecken? Und Freddy wurde aus einem anderen Grund umgebracht? Aus was für einem?

Allmen versuchte vergeblich, diese Gedanken zu verscheuchen. Er stand auf und verließ das Zimmer. Schon auf dem Treppenabsatz sah er, dass im Porxo Licht brannte. Er zögerte. Dann ging er auf Zehenspitzen weiter und trat vorsichtig auf die oberste Treppenstufe. Als er auf der dritten stand, sah er einen Schatten an der Wand.

Er blieb stehen.

Plötzlich bewegte sich der Schatten. Allmen erschrak und ging so brüsk zurück auf die obere Stufe, dass sie laut knarrte.

»Don John?«, fragte Carlos' Stimme.

Erleichtert ging Allmen hinunter. Carlos stand korrekt gekleidet mitten im Raum.

»Warum schlafen Sie nicht, Carlos?«, erkundigte sich Allmen.

»Aus dem gleichen Grund wie Sie, Don John.«

»Und weshalb schlafe ich nicht?«

»Wegen Don Freddy.«

»Nicht nur.« Allmen erzählte ihm von den zwei Männern. Und von seinen Visionen mit Jaime und Marta.

»Wir müssen nachsehen, Don John.«

»Ich fürchte, Sie haben recht, Carlos.«

Sie gingen hinaus in die Dunkelheit. Carlos leuchtete mit dem Licht seines Smartphones, Allmen hatte seines im Zimmer liegenlassen. Er besaß es nun zwar seit einer Weile, aber es gehörte noch nicht zu ihm wie zu den meisten anderen Leuten. Und würde es wohl auch nie.

Sie liefen zu dem Nebengebäude, in dem das Paar wohnte. Beide beherzt, weil keiner wollte, dass ihm der andere die Angst anmerkte.

Dunkel lag das Haus da. Aus keiner Ritze drang Licht. Eine ganze Weile standen sie unschlüssig davor, bis Allmen sich ein Herz fasste und klopfte. Zuerst zaghaft, dann etwas kräftiger.

Nichts regte sich.

Nun klopfte Carlos und rief: »Hallo!«

Keine Reaktion aus dem Haus.

Aber hinter ihnen eine Stimme: »Was ist los?«

Allmen und Carlos erschraken und wandten sich um. Jaime stand vor ihnen. Über die rechte Schulter hatte er den Trägerriemen eines Rucksacks geworfen.

»Was ist los?«, fragte er wieder.

»Zwei Männer«, stammelte Allmen.

»Wo?«

»Dort.« Allmen deutete über das Feld.

»Ich sehe niemanden.«

»Nicht jetzt, vor … ich weiß nicht … vielleicht zwei Stunden.« Er kam sich etwas blöd vor. »Wir wollten schauen, ob alles in Ordnung ist. Mit Ihnen.«

Jetzt lachte Jaime. »Alles in Ordnung. Gehen Sie schlafen. Gute Nacht.«

Er öffnete die Tür und verschwand im Haus.

Allmen und Carlos gingen betreten zur Finca zurück.

»Don John?«

»Ja, Carlos?«

»Was macht Jaime draußen um drei Uhr in der Nacht?«

»Das frage ich mich auch.«

»Könnte es sein, dass er einer der Männer war?«

»Ich weiß es nicht, Carlos.«

Sie wünschten sich eine gute Nacht.

Ein Wunsch, der für Allmen nicht in Erfüllung ging.

4

Vales Finca war zuletzt vor vierzig Jahren renoviert worden. Sie besaß eine Küche im Stil der siebziger Jahre, und auch die Bäder sahen entsprechend aus. Orangefarbene Wandfliesen und stromlinienförmige Armaturen, deren Verchromung arg gelitten hatte.

In den meisten Räumen befanden sich Heizkörper, mit denen man, da man sie nicht verstecken konnte, das Gegenteil gemacht hatte: Man hatte sie bunt bemalt.

Die Wände waren voller Kunst, vieles davon psychedelisch. Die meisten Werke stammten aus der Zeit, als Vale noch wohlhabend war und die Hippiekommunen der Insel dadurch unterstützte, dass er ihre Kunst kaufte.

Vale selbst war ein alter, etwas verwahrloster Herr. Hager, gebeugt, aber noch immer um die eins neunzig groß. Er trug einen nicht mehr ganz weißen Leinenanzug, den Allmens geübtes Auge als einst maßgeschneidert erkannte, ein weißes Hemd mit

Initialen und einen Batikschal im offenen Kragen. Wenn er lachte, führte er die Fingerspitzen seiner Linken an die Lippen, um die Lücke zu verdecken, die der fehlende Eckzahn hinterlassen hatte.

Vales richtiger Name war Theodor von Krausbad. Im Unterschied zu Allmens Namen ein richtiges Adelsgeschlecht. Aber seit man sich erinnern konnte, wurde er immer Vale genannt. Der Name war im ersten Jahr seines Aufenthalts an ihm hängengeblieben, als er zu allem immer *»vale«* gesagt hatte, eines seiner ersten spanischen Wörter, das so viel wie »okay« bedeutet. Längst sprach er fließend Spanisch und Eivissenc, beides mit einem leichten deutschen Akzent. Einem, den er vielleicht sogar ein bisschen pflegte.

Den Tipp, Vale zu kontaktieren, hatten sie von Jaime. Den verschwundenen Koi sollten sie aber auf keinen Fall erwähnen, sonst wisse es am nächsten Tag die ganze Insel, hatte er geraten. Doch wenn sie den Inselklatsch erfahren wollten, sei er die beste Quelle.

Der Vorwand für ihre Recherchen war der gleiche wie bei den Koi-Besitzern: Allmen war auf der Suche nach einem Zweitwohnsitz auf Ibiza, und sein Geschäftspartner Carlos begleitete und beriet ihn. Was ihm vorschwebte, war eine Finca oder die Ruine einer solchen, die er mit Hilfe eines guten Architekten umbauen oder renovieren konnte. Schön wäre eine mit genügend Raum für einen Teich, weil er sich hier ein bisschen in die Kois verliebt habe.

Sie saßen im Schatten eines Johannisbrotbaumes, der so nahe am Haus wuchs, dass man die Äste bei der Mauer hatte absägen müssen. Die anderen waren so ausladend und schwer, dass sie nur mit Hilfe von mächtigen Holzstützen am Abbrechen gehindert wurden.

»Ich weiß, dass Sie ein Freund von Freddy sind, ähm … waren.«

»Wir gingen zusammen ins Charterhouse.«

»Ich möchte nicht über ihn sprechen. Können wir uns darauf einigen? Ich spreche nicht über den Tod. Nie. Er existiert nicht für mich. Können Sie damit leben?« Bei diesem Satz lachte Vale ein wenig. Er sagte ihn wohl nicht zum ersten Mal in so einem Zusammenhang.

Ein alter Ibizenko brachte getrocknete Feigen, geröstete Mandeln und eine Flasche Wein. Während seine arthritischen Hände die Flasche entkorkten, erklärte Vale: »Ruben. Seit über vierzig Jahren bei mir.«

Allmen sah ihm zu, wie er zittrig zwei Gläser vollschenkte, Carlos hatte seines mit der flachen Hand zugedeckt.

Der Wein war heller, als die Flasche hatte vermuten lassen, und das Drittel, das jetzt leer war, blieb dunkel wie der Rest.

»Vino payés«, sagte Vale, »Bauernwein, ohne Schwefel. Nach ein paar Monaten löst sich manchmal die Farbe auf und bleibt am Glas der Flasche haften. *Salud!*«

Sie stießen an und tranken einen Schluck. Der Wein schmeckte seltsam: herb, säuerlich und wie gewürzt.

»Er wird durch Frigola gefiltert, Thymian. Schmeckt, oder?«

»Interessant«, war das Anerkennendste, was Allmen herausbrachte. Er sah Ruben nach, der zum Haus zurückhinkte.

»Ich sollte ihn längst durch einen Jüngeren ersetzen«, murmelte Vale. »Aber …« Er winkte ab und wechselte das Thema. »Du willst also – ich darf dich doch duzen? –, du kannst ja auch nicht gut ›Sie, Vale‹ zu mir sagen …«

Er wartete Allmens Antwort nicht ab und fuhr fort: »Ich bin kein Immobilienhändler, aber ich helfe gerne.«

»Ach, unser Anliegen ist mehr ein gesellschaftliches«, erklärte Allmen. »Ein Wohnsitz besteht ja nicht nur aus einem Haus. Er besteht auch aus den Menschen, die man in diesem Haus empfängt und bewirtet. Und von denen man empfangen und bewirtet wird. Ich suche jemanden, der mich in die hiesige Gesellschaft einführt. Und wen immer ich auch frage« – Allmen übertrieb –, »immer fällt Ihr Name.«

»Dein«, korrigierte ihn Vale. »Dein Name.«

»Wollen wir es so halten«, schlug Allmen vor, »Sie duzen mich, und ich sieze Sie?«

»Vale«, sagte Vale.

»Es heißt, Sie kennen alle auf der Insel.«

Vale zögerte.

»Ich meine, nicht einfach so als Gefälligkeit. Ich meine, ganz offiziell als Society Consultant.« Allmen verschlug es kurz die Sprache nach diesem aus dem Stegreif kreierten Begriff, dann fuhr er fort: »Selbstverständlich branchenüblich honoriert, nicht wahr, Carlos?«

Carlos gelang es, sich seine Überraschung nicht anmerken zu lassen, und antwortete mit einem überzeugten »Selbstverständlich«.

Vale füllte Allmens fast volles und sein leeres Glas, trank einen großen Schluck und fragte: »Wo liegen diese Ansätze in etwa?«

Allmen sah Carlos fragend an: »Ich befasse mich nicht so mit dem Finanziellen, aber ich nehme an, man geht hier von Tagespauschalen aus.«

Carlos nickte.

Vale nahm einen Schluck und fragte: »In welcher Höhe etwa?«

Wieder sah Allmen Carlos an. Als von diesem kein Zeichen kam, sagte er: »So um die Tausend, schätze ich.«

Und als seine beiden Tischnachbarn nicht reagierten, fügte Allmen hastig hinzu: »Plus Spesen, selbstverständlich.«

»Einverstanden.« Vale schenkte sein Glas wieder voll. Allmen hatte seines noch nicht berührt. Jetzt trank er auch einen Schluck.

Sie ließen etwas Zeit verstreichen. Dann kam Allmen auf ihr Hauptanliegen zu sprechen: »Sie kennen bestimmt Vittorio Gianinazzi.«

»Wer nicht«, antwortete Vale.

»Er gibt ja diese legendären Ferragosto-Partys.«

»Legendär ist übertrieben. Aber okay.«

»Gehen Sie da hin?«

Vale zögerte. »Früher. Jetzt nicht mehr so.«

»Aber eingeladen sind Sie?«

Wieder zögerte Vale. Dann sagte er: »Ich brauche keine Einladung.«

Allmen nahm einen Schluck und schaffte es, das Gesicht nicht zu verziehen. »Könnten Sie uns mitnehmen?«

Jetzt zögerte Vale etwas länger.

Allmen doppelte nach: »Ich frage Sie das jetzt als unseren Society Consultant.«

Vale zuckte mit den Schultern. »Warum nicht.«

5

Das Feld vor der Mauer von Gianinazzis Villa war gemäht und in einen Parkplatz verwandelt worden. Zwei junge Männer in der Uniform römischer Legionäre wiesen die Autos ein.

Das Tor zum Grundstück war geöffnet und von zwei weiteren Legionären bewacht. Sie hielten Tablets in der Hand, suchten die Namen, die ihnen die Gäste sagten, auf der Gästeliste und hakten sie elektronisch ab.

»Von Krausbad und seine Gäste, die Herren von Allmen und de Leon«, ließ Vale beiläufig fallen und schob Allmen und Carlos am Legionär vorbei.

»Moment, bitte«, sagte der Türsteher und suchte auf seiner Liste.

»Bürokratie«, stieß Vale verächtlich aus.

Als der Mann »von Krausbad« nicht fand, befahl ihm Vale, den Gastgeber, Gianinazzi, zu fragen.

Aber der Türsteher wollte seinen Posten nicht verlassen und zog einen Kollegen zu Rate. Er war etwas älter, und Vale schien ihm als Inselfigur ein

Begriff zu sein. Er sah ihn an und sagte: »*Hola*, Vale.«

Der Legionär legte dieses »Vale« als »okay« aus und ließ die drei Gäste durch.

Nicht nur das Personal war altrömisch kostümiert, auch viele der Gäste trugen Tunikas, Togas und Stolas. Hier feierte man den Ferragosto nicht als Mariä Himmelfahrt, sondern als das Siegesfest, das Augustus, der erste römische Kaiser, einst ausgerufen hatte.

Die Gäste standen herum oder saßen in Korbsesseln und -sofas und tranken aus Bechern, die mit Wein aus den umstehenden Fässern gefüllt wurden. Oder, nicht ganz stilecht, aus Champagnergläsern.

An verschiedenen Orten wurde gekocht. Spanferkel drehten sich am Spieß, ein halbes Kalb lag auf einem schrägen Eisenrost über dem Feuer, und ein in einem Erdloch gegartes Lamm wurde zerlegt.

Auf einer Bühne sang eine Sängerin, begleitet von einer Band, sizilianische Lieder.

Vale hatte sich abgesetzt, er überragte ein Grüppchen bei einem Weinfass. Allmen und Carlos standen in einer kleinen Warteschlange vor einem Grill, auf dem Tranchen eines Schwertfischs zubereitet wurden. Dessen Kopf mit Schwert lag daneben.

Ein untersetzter, langhaariger römischer Konsul ging vorbei und bemerkte laut zu einem Centurion: »Welches Arschloch hat diesen Vale reingelassen?«

Der Centurion schüttelte den Kopf. »Und zwei mitgebracht hat er auch noch.«

An einem Tisch unter einem goldverbrämten Zeltdach aßen sie ihren Schwertfisch und sahen dem Treiben zu, das immer bunter und lauter wurde. Danach mischten sie sich unter die Gäste. Sie begegneten Sir Rupert Radclyffe, verkleidet als Kaiser Nero, mit einem sehr jungen, sehr durchtrainierten Gladiator.

An einer anderen Stelle des Grundstücks stand Lady Radclyffe, die linke Augenbraue noch immer hochgezogen. Sie war in eine weiße Stola drapiert, deren hüfthoher Schlitz den Blick auf ein schlankes, aber nicht mehr sehr glattes Bein freigab. »Ist das nicht schrecklich mit dem armen Freddy?«, rief sie aus. »Man ist nicht mehr sicher auf dieser Insel. Haben Sie Rupert gesehen?«

Allmen verneinte galant.

Viele der Anwesenden erkannte er als Gäste der Radclyffes wieder. Die Sommer-Society dieser Insel hielt es wie überall: Man blieb unter sich.

Auch Vale begegneten sie wieder. Seine Augen waren etwas glasig, und er sprach betont deutlich.

»Könnten Sie uns bitte dem Gastgeber vorstellen?«, bat Allmen.

»Aber natürlich, kommt.«

Es dauerte eine ganze Weile, bis er ausrief: »Hier, endlich, hier ist er. Vittorio, mein Freund, darf ich dir zwei liebe Freunde vorstellen!«

Sie standen vor dem untersetzten, langhaarigen römischen Konsul, der sich vorhin über Vales Anwesenheit geärgert hatte. Er lächelte und sagte: »Vales Freunde sind auch meine Freunde.«

Er schüttelte ihnen herzlich die Hand und entschuldigte sich gleich darauf mit seinen Gastgeberpflichten. Vale verabschiedete sich mit »Nachschub«, hob den leeren Becher und steuerte auf das nächste Fass zu.

»Ich weiß nicht, Carlos, ob Vale der beste Society Consultant für uns ist.«

»Aber bestimmt der teuerste«, erwiderte Carlos.

»Hi«, sagte eine Frauenstimme hinter ihm. Allmen wandte sich um und sah sich einer asiatischen Römerin gegenüber.

»Akina!«, rief er aus und küsste ihre Hand. »Ich weiß zwar nicht, ob dies die alten Römer schon taten.«

»Ich wollte erst als Geisha kommen, aber Percy sagt, Japan wäre erst tausendfünfhundertfünfzig Jahre nach Kaiser Augustus entdeckt worden.«

»Auf diese paar Jährchen wäre es nicht angekommen, ich hätte dich gerne im Kimono gesehen.«

So viel hatten sie in ihren ganzen zwei nächtlichen Begegnungen nicht gesprochen.

Allmen sah, dass sie kein Glas hatte, und entdeckte auch niemanden, der servierte. Er bot ihr an, ein Glas Champagner zu holen. Und natürlich war es Carlos, der es tat.

»Dein Freund ist tot«, sagte sie, mehr als Small Talk als aus Mitgefühl.

Allmen hatte es kurz vergessen und erschrak nun, als sie ihn daran erinnerte.

»Ist das nicht schrecklich?«, war seine belanglose Antwort.

Und ihre war auch nicht tiefgründiger: *»C'est la vie.«*

Sie schwiegen einen Moment. Dann fragte sie: »Glaubst du, dass ihr Boy wiederfindet?«

Allmen hatte eine der Standardantworten auf der Zunge wie: Almen International Inquiries ist stolz auf ihre Erfolgsquote. Aber er sagte einfach: »Ich hoffe es.«

»Ich auch«, antwortete sie, ganz ernst.

Und irgendetwas ließ ihn fragen: »Wäre es sehr schlimm, wenn es nicht gelänge?«

Akina nickte. »Vor allem für Percy.«

»Für dich nicht? Ich dachte, du liebst ihn so?«

Akina sah ihn prüfend an und lächelte. »Liebe kann man auch vortäuschen.« Sie ließ ihren linken Arm unter seinen rechten gleiten. »Komm.«

»Und dein Champagner?«

»Komm.«

Sie steuerte ihn durch die Gäste und zielstrebig auf die falsche Finca zu.

Die Tür stand offen, und ein paar Mitglieder des Personals trugen benutztes Geschirr hinein und sauberes heraus.

Akina schien sich gut auszukennen. Sie führte ihn durch den großen Salon zu einem Aufzug im hinteren Teil des Gebäudes. Für kurze Zeit standen sie in der auf allen vier Seiten verspiegelten Kabine und betrachteten sich. Akina in einer bodenlangen Stola aus weißer Seide, die durchsichtig genug war, um zu verraten, dass sie darunter keine Toga trug. An der Taille war sie mit einem Gürtel gerafft. Es hätte Allmen nicht gewundert, wenn er aus purem Gold gewesen wäre. Auch die breite Borte am Saum der Stola war golden. Ebenso das Band, mit dem sie das hochgesteckte Haar umwunden hatte. In der rechten Hand trug sie einen Fächer aus Pfauenfedern, der als Sonnenschutz diente, oder dazu, die Seide etwas blickdichter zu machen. Worauf sie aber jetzt verzichtete.

Allmen sah sich in einem eierschalenfarbigen Anzug aus etwas zerknittertem Leinen, einem weißen Leinenhemd und einer schmalen, weichen türkisfarbenen Seidenkrawatte mit kleinen, dicht nebeneinanderliegenden weißen Punkten. Ein hübsches Paar, fand Allmen, trotz des Altersunterschieds.

Der Aufzug hielt in der ersten Etage. Akina führte ihn in einen Korridor mit mehreren Türen. »Gästezimmer«, flüsterte sie, klopfte an die erste und öffnete sie. Auf dem Doppelbett war ein Koffer geöffnet, überall lagen Kleider. Akina schloss die Tür wieder.

Im nächsten Zimmer bot sich das gleiche Bild.

Das dritte war unbewohnt. Aufgeräumt wie ein Hotelzimmer und nach Lavendel duftend wie ein Wäscheschrank.

Akina drehte den Schlüssel zweimal um, ging zu einem der drei Fenster und öffnete es. Von draußen drang gedämpft das Stimmengewirr der Gäste herein und der Belcanto des Tenors, der inzwischen die Sizilianerin abgelöst hatte.

Akina kam zurück zu Allmen, der noch immer etwas überrumpelt mitten im Zimmer stand, und öffnete seine Krawatte, half ihm aus dem Jackett und knöpfte das Hemd auf.

Als sie ihn ganz entkleidet hatte, trat sie zwei Schritte zurück und betrachtete ihn.

»Jetzt du«, sagte sie.

Dem Gewicht nach war der Gürtel tatsächlich aus purem Gold. Seinen Verschluss zu öffnen war der aufwendigste Teil der Entkleidung von Akina. Der Rest war eine Kleinigkeit. Die Stola war nur mit einem einzigen Knopf im Nacken festgehalten. Als er ihn öffnete, fiel die Stola zu Boden. Akina entstieg ihr und stand da wie eine römische Marmorstatue.

6

Als sie herunterkamen, hatten sich die Reihen ein wenig gelichtet. Aber noch immer erklang Musik, diesmal von einem Sextett mit einem älteren Sänger, der täuschend ähnlich die langsamsten Sinatra-Hits sang.

Noch immer führte Akina und steuerte Allmen auf die Tanzfläche neben der Band. Dort schmiegte sie sich an ihn und überließ ihm die Führung.

Sie tanzten nicht nur eng, sie tanzten wie ein Liebespaar. Allmen wurde es etwas unangenehm. Immerhin war sie die Geliebte seines Auftraggebers.

»Ist das kein Problem?«, fragte er schließlich.

»Was?«

»Dass man uns so sieht. Wegen Percy.«

»Nein. Percy hält mich an der langen Leine.«

»So öffentlich?«

Akina lächelte verschmitzt. »Nein, das ist eine Premiere. Er mag es gerne diskret. Sehr diskret.«

»Und wenn es ihm jemand erzählt?«

»Niemand wird das.«

»Weshalb nicht?«

»Percy ist ein sehr kranker Mann. Würdest du so etwas einem alten kranken Mann erzählen?«

Allmen blickte in die fröhlich schwatzende Gesellschaft, die sie umgab. »Unterschätze das Mitteilungsbedürfnis der Menschen nicht.«

Die Band stimmte *Something Stupid* an. Akina schmiegte sich an ihn.

Nach den letzten Takten gab es eine Tanzpause. Hand in Hand verließen sie die Tanzfläche. Akina sagte: »Jetzt hätte ich nichts gegen ein Glas Champagner.«

Allmen versuchte, die Aufmerksamkeit eines römischen Serviersklaven zu gewinnen.

»Und wo ist dein Butler?«, fragte Akina.

»Er ist mein Partner«, korrigierte Allmen sie. »Aber stimmt, wo ist Carlos?« Er sah sich suchend um.

Eine Serviererin mit einem Tablett Champagner bemerkte seinen suchenden Blick und kam auf sie zu. Sie bedienten sich und gingen weiter, jetzt nicht mehr händchenhaltend, mit Fächer und Champagner hatte Akina keine Hand mehr frei.

Das Verstummen der Musik hatte auch die Gäste stiller gemacht. Nur noch selten vernahm man einen Ruf oder ein Auflachen. Jenseits der Leuchtgirlanden tauchte der Vollmond die Szenerie in ein geheimnisvolles Licht. Sie schlenderten ziellos über das Gelände. Allmen hatte immer ein Auge auf die Gäste, bis Akina bemerkte: »Vielleicht war er müde und ist nach Hause gefahren.«

Es sah Carlos zwar nicht ähnlich, aber Allmen willigte dennoch ein nachzusehen, ob Jaimes Wagen noch da war.

Natürlich war er noch da. Jaime saß hinter dem Steuer, hatte die Rücklehne nach hinten gekippt und wohl ein wenig gedöst. Noch bevor sie den Wagen ganz erreicht hatten, kam ihm der Gedanke absurd vor. Carlos würde ihn an keinem Ort der Welt je verlassen. Und wenn, dann nur im äußersten Notfall. Und auch dann nicht, ohne eine Nachricht zu hinterlassen.

Allmen begann, sich Sorgen zu machen. »Wir müssen ihn suchen.«

Am liebsten wäre er zum Fest zurückgerannt, aber Akinas bodenlange Stola und Bleistiftabsätze zwangen ihn zu gemessenem Schritt. Jaime begleitete sie.

Die Band hatte noch nicht wieder zu spielen begonnen. Die Gäste hatten sich auf die zahlreichen Sitzgelegenheiten verteilt und unterhielten sich halblaut oder genossen fast andächtig die laue Mondnacht. Jaime trennte sich von Akina und Allmen und suchte in einer anderen Richtung.

Ein kleiner, drahtiger Senator mit einem goldenen Lorbeerkranz auf dem fast kahlen Schädel sagte: »*I say,* Mister von Allmen, ganz in Zivil.«

Es war Bill Livehouse, der große Koi-Spezialist, den sie bei den Radclyffes getroffen hatten. »Haben Sie Mister de Leon gesehen, meinen Geschäftspartner?«, fragte Allmen, ohne sich groß mit der Begrüßung aufzuhalten.

»Ja, den habe ich gesehen. Das ist aber schon eine ganze Weile her. Wir haben uns etwas unterhalten, er versteht einiges von Kois. Aber ein großer Trinker ist er nicht. Hat seinen Champagner nicht angerührt, und als ich mein Glas leer hatte, gab er mir seines, bevor er ging.«

»Wissen Sie, wohin?«

»Zu Vittorio Gianinazzis Kois.«

Allmen spürte eine Mischung aus Besorgnis und Erleichterung, als sie zurück durch den Festplatz in Richtung Teich gingen.

Die Bandmitglieder kamen wieder auf die Bühne. Bald würde es mit der Stille vorbei sein.

Aber sie wurde nicht durch Musik unterbrochen, sondern durch den Schrei einer Frauenstimme.

»Aiuto!«

Der Hilferuf kam aus der Richtung des Teiches. Allmen entschuldigte sich bei Akina und rannte los.

Beim technischen Raum stand eine kleine Menschengruppe um etwas, das am Boden lag.

Noch bevor sich Allmen vorgedrängt hatte, wusste er, dass es Carlos war.

7

Endlich erreichten sie das zentrale Krankenhaus von Ibiza. Die beiden Türflügel des Krankenwagens wurden geöffnet und Allmen barsch hinauskomplimentiert.

Pfleger luden Carlos' Tragbahre auf ein Fahrgestell. Allmen durfte ihm durch den Eingang und in den Korridor folgen. Bei einer automatischen Tür mit der roten Aufschrift *»Emergencia«* hielt ihn ein grüngekleideter Pfleger auf. Er sah Carlos bleich in dem langen Gang verschwinden.

Der Pfleger führte ihn zum Empfang und übergab ihn einer übermüdeten Frau, die umständlich Carlos' Daten aufnahm. Als sie endlich damit fertig war, schob sie Allmen eine Rechnung über den Tisch. Sie betrug fünftausend Euro. Vorauszahlung.

Allmen nahm seine Brieftasche aus der Brusttasche und fand dreihundert Euro. Er klopfte symbolisch seine Taschen ab und erklärte dann: »Ich fürchte, ich bin um diese Zeit nicht so flüssig.«

»Dann geben Sie mir eine Kreditkarte.«

Allmen lächelte indigniert, faltete die Rechnung zusammen und steckte sie ein.

»Wir nehmen alle größeren Kreditkarten«, sagte die Sekretärin.

Allmen antwortete mit seiner üblichen Formulierung: »Ich glaube nicht an Kreditkarten.« In Hotels und Restaurants funktionierte der Satz in der Regel, aber im Krankenhaus offenbar nicht.

»Dann brauche ich jemanden, der garantiert.«

Allmen richtete sich zu seiner vollen Größe auf, zeigte auf seine Brust und sagte: »Ich. Ich garantiere.«

Die Frau hatte offenbar auf eine Klingel gedrückt, denn jetzt erschien ein kräftiger Pfleger und stellte sich in die Tür.

Sie deutete auf Allmen und rieb Daumen und Zeigefinger aneinander. Der Pfleger nickte und setzte sich auf einen Stuhl.

Allmen blieb nichts anderes übrig, als Jaime anzurufen, der der Ambulanz gefolgt war und jetzt irgendwo wartete. Er kam nach ein paar Minuten, sprach kurz auf Ibizenc mit der Frau, zückte seinen Ausweis, unterschrieb ein Dokument, und die Sache war erledigt.

8

Die nächsten Stunden verbrachte Allmen mit Jaime in einem schmucklosen Warteraum mit Sofas und Sesseln, deren verschiedenfarbiger Kunststoffbezug brüchig war. Auf einem Clubtisch lagen zerfledderte Zeitschriften und Prospekte, an der Wand stand ein Automat mit Mineralwasser. Fenster gab es keine, aber drei Türen. Eine war eine offene Doppelschiebetür, die in den Korridor führte, aus dem Allmen und Jaime gekommen waren. Auf einer zweiten stand in roten Lettern *»pasaje prohibido«*, Durchgang verboten, sie führte auf die Station. Auf der dritten stand *»servicios«* und war die Toilettentür.

Auf einem der Sofas saß ein Paar mittleren Alters und sprach leise und besorgt auf Ibizenc. Auf einem anderen lag ein betrunkener Engländer und lallte im Schlaf immer wieder *»Fuck«*. Auf einem Sessel hockte ein junges Mädchen in einem ultrakurzen Mini und einem Bikinioberteil und weinte.

Um ihr rechtes Bein wanden sich mehrere tätowierte Schlangen.

Durch die offene Tür traten nun zwei junge Männer, die einen dritten zwischen sich halb führten, halb trugen. Seine Augen rollten unkoordiniert in ihren Höhlen, und sein Kopf fiel seitwärts, vor und zurück wie der einer schlaffen Marionette.

Jaime nickte auf seinem Sessel immer wieder ein. Und Allmen saß auf seinem und machte sich Vorwürfe. Vorwürfe, dass er Carlos im Stich gelassen hatte. Dass er ihn nicht begleitet hatte bei seiner Erkundung des Teichs. Denn das hatte Carlos gewollt, das war ja ihr Plan gewesen. Deshalb waren sie auf der Party. Zu keinem anderen Zweck hatten sie sich in Gianinazzis Fest einschmuggeln lassen.

Aber er hatte sich von Akina abschleppen lassen, und sein treuer Diener und Partner hatte die Sache alleine in die Hand genommen.

Die beiden Neuankömmlinge hievten ihren vollgepumpten Kollegen auf das Sofa, auf dem das Bauernpaar saß. Es rutschte widerwillig zur Seite.

Über eine Stunde warteten sie so. Einmal kam ein Arzt und sah sich suchend im Warteraum um. Allmen erhob sich, aber er suchte nicht ihn. Er ging zu dem Paar und bat es fast flüsternd mitzukommen. Mit sorgenvoller Miene folgten sie ihm.

Es wurde wieder still im Raum.

Plötzlich ein lautes Würgen. Der Zugedröhnte hob den Kopf, griff sich an die Brust und kotzte seinem Kumpel über die Hose. Der sprang laut fluchend auf und beschimpfte ihn aufs übelste. Dann ging er zur Toilette.

Liverpool, dachte Allmen.

Jaime war von dem Radau erwacht, aber noch bevor der Liverpooler mit nasser Hose wieder aus der Toilette kam, war er wieder eingeschlafen.

Ruhe kehrte ein, alle warteten.

Endlich kam eine Pflegerin, blieb in der Tür stehen und gab Allmen das Zeichen zu kommen.

Sie gingen durch einen Korridor zwischen Betten hindurch, die hinter Trennvorhängen notdürftig verborgen waren. Hinter einem davon kam gerade das Bauernpaar hervor. Sie schluchzte, er hatte den Arm um sie gelegt.

Ein paar Schritte weiter schob die Pflegerin einen Vorhang beiseite. Dort lag Carlos. Immer noch blass, aber wach.

Er lächelte und sagte: »Er ist da.«

»Der Koi?«

»Ja, Don John. Ich habe ihn gesehen. Er schwimmt im Indoor-Becken. In einem Netz. Allein.«

»Da sind Sie ganz sicher, Carlos?«

»Ganz sicher. Es ist Boy.«

»Und das?« Allmen deutete auf Carlos' verbundenen Kopf. »Wie ist das passiert?«

»Ich weiß es nicht. Ich stand da. Das Nächste, woran ich mich erinnere, ist, dass ich am Boden lag und viele Leute um mich herumstanden. Auch Sie, Don John. Und dann, dass ich hier bin.«

»Es war nicht vernünftig, Carlos, dass Sie auf eigene Faust gehandelt haben.«

»Verzeihen Sie, Don John. Aber ich sah, wie Fernando dorthin ging, und folgte ihm. Er betrat den technischen Raum. Dann kam er wieder heraus mit Futter und ging zum Teich. Die Tür schloss er nicht ab. Ich ging hinein und durch die Tür zum Indoor-Becken. Dort sah ich Boy. Das ist alles.«

»Es tut mir leid, Carlos! Ich habe Sie hängenlassen.«

Er lächelte. *»Eso es el amor.«*

Nun ja, dachte Allmen, Liebe ist vielleicht nicht ganz das richtige Wort.

Ein Arzt kam durch den Vorhang, begrüßte Allmen und erklärte: »Ihr Freund hat einen Schlag auf den Kopf bekommen. Keine Fraktur, aber eine Gehirnerschütterung. Das Ohr angerissen und genäht. Er hat Glück gehabt. Wenn der Schlag nur ein wenig anders ausgeführt worden wäre, wäre er jetzt tot. Er muss mindestens zwei Tage unter Beobachtung bleiben.«

»Wo?« Es war Carlos, der fragte.

»Hier, natürlich.«

»Das geht nicht«, erwiderte Carlos bestimmt. »Ich muss arbeiten.«

Der Arzt hob die Schultern und ließ sie wieder fallen. Er sah Allmen an. »Falls er für Sie arbeitet: Es ist besser, Sie geben ihm ein paar Tage frei, glauben Sie mir. Falls Sie sich anders entscheiden, müssen Sie unterschreiben, dass Sie beide die Verantwortung dafür übernehmen.«

»Okay, das unterschreiben wir«, sagte Carlos.

Allmen widersprach: »Kommt überhaupt nicht in Frage. *Doctor, el Señor* de Leon bleibt so lange, wie Sie es für richtig halten.«

9

Es war kurz nach sieben Uhr früh. Auf der rechten Spur der Autobahn, in der Nähe einer großen Disco, gingen Scharen von Partyvolk Richtung Stadt. Die einen taumelnd, die anderen schlafwandlerisch und wieder andere aufgeputscht und übermütig. Jaime verriegelte die Türen und fuhr im Schritttempo auf der linken Spur. Immer wieder stellten sich ihnen Discogänger in den Weg und wollten eine Mitnahme erzwingen. An einer Stelle regelte Polizei den Verkehr und dirigierte sie an einer gaffenden Menschenansammlung vorbei. Ein Krankenwagen stand dort.

»Hier gibt es immer wieder Unfälle. Partygänger, die überfahren werden oder mit gemieteten Mopeds einen Unfall haben«, erklärte Jaime. Und traurig fügte er hinzu: »Heimkehrer, die nie mehr heimkommen.«

In diesem Moment klingelte Allmens Telefon. Es war María. »Wo ist Carlos?«, fragte sie ohne Einleitung.

»*Buenos días,* María«, begrüßte Allmen sie.

Sie ging nicht auf die Formalitäten ein. »Wo ist er?«

»Carlos?« Allmen wusste nicht, ob er ihr die Wahrheit sagen oder nach Ausflüchten suchen sollte.

Aber sie ließ ihm keine Wahl. »Ich weiß, dass etwas passiert ist. Noch nie hat er das Telefon nicht abgenommen. Hören Sie, Don John: Noch nie! Also: Was ist passiert? Wie schlimm ist es?«

»Nicht schlimm, María, nicht schlimm.«

»Mein Gott! Es ist also etwas passiert. Ich hatte recht. Ich habe es gespürt. Was?«

Allmen räusperte sich, und schon hakte sie nach: »Was?«

»Carlos hatte einen kleinen Unfall.«

»*¡Un accidente!*«, schrie sie ins Telefon. »Was für einen Unfall?«

»Er hat einen … ähm … Schlag auf den Kopf bekommen.«

»*¿Un golpe?* Und jetzt?«

»Ich habe gerade mit ihm gesprochen. Es geht ihm gut.«

»Dann will ich jetzt auch sofort mit ihm sprechen.«

»Jetzt schläft er.«

»Dann wecken Sie ihn. Er will auch mit mir sprechen, das weiß ich.«

»Das geht jetzt nicht, María.«

Nun schwieg sie einen Moment. Dann fragte sie mit ruhiger, gefasster Stimme: »Don John, warum geht das jetzt nicht? Wo haben Sie mit ihm gesprochen? Wo schläft er? WO?«

Allmen fasste sich ein Herz: »Im Krankenhaus.«

Es folgte eine längere Stille. Dann sagte sie: »Ich komme.« Und legte auf.

Allmen rief zurück, um ihr zu sagen, dass es nicht nötig sei, dass es Probleme wegen ihrer fehlenden Papiere geben könnte, dass sie Allmen International Inquiries nicht allein lassen könne, dass sie bald zurückkämen, weil der Fall so gut wie gelöst sei.

Aber María meldete sich nicht.

10

Nie wäre Carlos nötiger gewesen als jetzt.

Allmen saß im Fond des Volvo wie das letzte Kind in einem Schulbus und bereute sein großspuriges Beharren darauf, dass Carlos im Krankenhaus bleiben sollte.

Noch während der Arzt Carlos untersuchte, war ein Pfleger gekommen. Sobald der Doktor sich verabschiedet hatte, hatte er das Bett weggefahren.

Allmen hatte darauf bestanden mitzukommen und war dem Krankentransport auf die Station gefolgt. In Carlos' Zimmer standen noch drei weitere Betten, in allen lagen Patienten. Zwei alte eingefallene Männer mit gelblicher Haut, die mit offenen, zahnlosen Mündern schnarchten, und ein junger mit einem geschienten, an einer Aufhängung befestigten Bein und einem ähnlichen Kopfverband wie der von Carlos. Er war wach und bewegte sich im Rhythmus einer unhörbaren Musik aus seinem Kopfhörer.

»Fünf Minuten«, gestand der Pfleger Allmen zu, als er ging.

Das wäre auch dann nicht genug Zeit gewesen, um das weitere Vorgehen zu besprechen, wenn Carlos die Augen nicht immer wieder zugefallen wären. Das Einzige, was er in den immer kürzer werdenden wachen Momenten sagen konnte, war: »Señor Garrett informieren«, den Namen »Bajrush« und »die Japaner«.

Allmen hatte sich verabschiedet und versprochen, am nächsten Morgen wiederzukommen. Carlos' Vorschlag war folgerichtig. Ihr Auftrag bestand nicht darin, den Koi zurückzubringen. Er bestand darin, ihn zu finden. Er würde also gleich, nachdem er geduscht und sich umgezogen hatte, bei Garrett vorsprechen und ihm den Aufenthaltsort von Boy nennen. Garrett konnte dann entscheiden, ob er die Polizei einschalten oder die Aufgabe Bajrush, seinem Butler, und Yuki und Yuma, seinen Koi-Pflegern, anvertrauen wollte. Die würden dann bei Vittorio Gianinazzi vorsprechen und Boy fachmännisch fangen und zurücktransportieren.

Wofür sich Garrett auch entschied – er, Allmen, würde sie unter keinen Umständen begleiten. Den Leuten, die Carlos beinahe erschlagen hätten, wollte er nie mehr begegnen.

Sie erreichten Can Blanc. Vor der Finca wartete ein Taxi. Der Fahrer stand daneben und diskutierte mit Marta. Jaime parkte den Volvo, und die beiden kamen auf sie zu.

»Er hat Vale im Wagen und weigert sich weiterzufahren, bevor er sein Geld hat. Die Uhr läuft, sie steht auf über zweihundert Euro«, erklärte sie.

»Sind Sie Señor Alma?«, fragte der Taxifahrer in aggressivem Ton.

»Allmen«, korrigierte Marta.

»Bei mir sitzt einer im Wagen. Er ist besoffen und sagt, Sie bezahlen. Kommen Sie.«

Allmen folgte ihm zum Taxi. Auf dem Rücksitz befand sich Vale, halb sitzend, halb liegend, und schnarchte. Der Fahrer schaltete die Uhr aus. »Zweihundertdreiundvierzig achtzig.«

Allmen zückte seine Brieftasche, entnahm ihr die drei Hundert-Euro-Scheine, die für das Krankenhaus nicht gereicht hatten, und reichte sie dem Fahrer.

Der winkte ab. »Hunderter kann ich nicht wechseln.«

»Der Rest ist für Sie«, sagte Allmen wegwerfend. »Aber helfen Sie dem Mann aus dem Wagen.«

Der Fahrer weckte Vale und hievte ihn aus dem Fond. Vale stand unsicher auf den Beinen, und Allmen musste ihn stützen. Er tat es etwas angewidert.

Der Taxifahrer, durch das fürstliche Trinkgeld versöhnt, half ihm, den großen schwankenden Mann zur Bank neben dem Eingang zu begleiten. Dann steckte er Allmen seine Karte zu und verabschiedete sich unterwürfig.

»Du hast mich hängenlassen, John. Deinen Society Consultant! Einfach abgehauen bist du«, brabbelte Vale. »Als ich wach wurde, war kein Mensch mehr da.«

»Haben Sie irgendwo ein Bett für Señor Vale?«, erkundigte sich Allmen bei Marta.

Sie nickte und rief ihren Mann. Allmen sah Jaime und Marta nach, wie sie Vale zu einem der Nebengebäude stützten.

Er betrat den Porxo. Er war kühl und still. Der Duft der Wacholderholzbalken kam ihm noch intensiver vor. Er wusste nicht, ob es Carlos' Abwesenheit war, die das Haus verändert hatte, oder das, was ihm zugestoßen war.

Er stieg die Treppe hinauf zu seinem Quartier. Eine der Stufen knarrte. Allmen erstarrte, und es lief ihm kalt den Rücken hinunter.

Auch seine Suite kam ihm unheimlich vor. Er öffnete die Tür vorsichtig und machte sofort überall Licht. Die Fensterläden und Vorhänge ließ er geschlossen. Und den Schlüssel der Eingangstür drehte er zweimal.

Er ließ ein Bad ein und wünschte sich wieder, Carlos wäre hier. Nur er kannte Allmens ideale Badewassertemperatur.

Er legte sich in die Wanne und drehte den Heißwasserhahn ein wenig auf.

Das Plätschern des Hahns und das Gurgeln des

Überlaufs schläferten ihn ein. Er hatte einen wirren Traum von Freddy Turnbill, dem lebenden und dem toten, dem Rudel wilder Podencos, dem Koi, groß wie ein Wal, den römischen Legionären, der schönen, mysteriösen Akina, den Discogängern auf der Autobahn, den japanischen Fischpflegern, dem absonderlichen Vale, den zwei Männern in der Nacht, die beide Jaime waren, und vom verletzten, grinsenden Carlos.

Allmen erwachte frierend im abgekühlten Badewasser. Der Heißwasserspeicher war leer, und aus dem Hahn floss nur noch kaltes Wasser.

Er hüllte sich in ein großes Badetuch und erschrak. Die Uhr auf der Glasablage unter dem Spiegel zeigte zehn an, er hatte über zwei Stunden geschlafen. Dabei wollte er so früh wie möglich bei Garrett sein, um den Koi-Dieben keine Gelegenheit zu geben, Boy verschwinden zu lassen. Und davor hatte er noch Carlos einen Besuch abstatten wollen.

Ohne den er offenbar nichts taugte.

11

Garrett saß an seinem Lieblingsplatz am Koi-Teich. Er war wieder ganz in Weiß gekleidet, aber diesmal schien es Allmen, als habe sich auch seine Gesichtsfarbe farblich dem Outfit angenähert. Er erschien ihm hinfälliger als beim letzten Mal.

Allmen hatte sich gleich nach seinem überlangen Bad nach Can Pes fahren lassen. Er hatte es nicht gewagt, Carlos davor zu besuchen, er hätte zugeben müssen, dass er ihren Auftraggeber Garrett noch nicht informiert und somit riskiert hatte, dass der Koi nicht mehr dort war, wo Carlos ihn unter Lebensgefahr entdeckt hatte.

»*What's new?*«, fragte Garrett.

»Gute Neuigkeiten. Wir haben Boy gefunden.«

»Tatsächlich? So schnell?«

»Im bevorzugten Tempo von Allmen International Inquiries«, gab Allmen etwas blasiert zurück.

»Und wo haben Sie ihn?«

»Er befindet sich bei Signore Gianinazzi.«

»Bei Vittorio? Wie kommt er dorthin?«

»Ich fürchte, er wurde in dessen Auftrag entwendet.«

»Gianinazzi? Ein Fischdieb? *No way.*«

»Jedenfalls befindet Boy sich dort. Mein Partner

hat ihn dort gefunden. Und wurde dabei niedergeschlagen und schwer verletzt.«

»Oh, das tut mir leid. Wie geht es ihm?«

»Den Umständen entsprechend. Er liegt im Krankenhaus.«

»Und weshalb haben Sie Boy nicht mitgebracht?«

»Unser Slogan ist: ›*The Art of Tracing Art*‹. Nicht ›*Bringing Back Art*‹. Im Übrigen fehlt uns die Erfahrung im Umgang mit Fischen. Das ist eher etwas für Ihre Spezialisten.«

Garrett blickte zu Bajrush hoch. »Du begleitest Mister von Allmen und nimmst Yuki und Yuma mit.«

Allmen widersprach. »Ich kann nicht mitkommen, ich werde von meinem Partner erwartet.«

Garrett winkte ab. »Ihr Partner ist im Krankenhaus in guten Händen. Es bleibt noch genug Zeit für einen Krankenbesuch, wenn Sie den Job zu Ende gebracht haben.«

Es war das erste Mal, dass Garrett ein wenig von seiner Managervergangenheit aufblitzen ließ. Allmen hatte das Gefühl, sein Gesicht habe dabei wieder etwas Farbe angenommen.

12

Bajrush fuhr mit Yuki in einem Landrover voraus. Im Laderaum befand sich ein mit Wasser gefüllter Transportbehälter und allerhand Material für die Bergung des Kois.

Allmen folgte im weißen SUV. Yuma saß neben Jaime. Er hatte im Landrover keinen Platz mehr gefunden. Allmen beobachtete ihn durch den Rückspiegel. Er war sich fast sicher, dass er es war, den Carlos unwissentlich auf dem Markt in Gesellschaft von Fernando gefilmt hatte.

Plötzlich blickte Yuma in den Spiegel. Ihre Augen begegneten sich, und beide wandten rasch den Blick ab.

Giacomo, der kleine Bodybuilder, stoppte sie am Tor zu Gianinazzis Villa. Als er Bajrush erkannte, ließ er beide Wagen herein.

Auf dem Grundstück war noch immer Personal mit Aufräumen beschäftigt.

»Ist Fernando hier?«, fragte Bajrush.

Das Muskelmännchen deutete in Richtung Teich. Bajrush und Allmen gingen voraus, die beiden Japaner folgten ihnen.

Je näher sie zum technischen Raum und zu der Stelle kamen, an der Carlos gefunden worden war, desto mulmiger wurde es Allmen.

Die Tür zum technischen Raum stand offen. Bajrush ging mit großer Selbstverständlichkeit hinein. Allmen, Yuki und Yuma folgten etwas zögerlich. Fernando kauerte am Boden und war dabei, eine halbzerlegte Pumpe zu reinigen.

Als Bajrush ihm auf die Schulter tippte, blickte er auf und erhob sich. »Was willst du?«

»Wir kommen, um den Koi zu holen.«

»Welchen Koi?«

»Den ihr Garrett gestohlen habt.«

Fernando erhob sich. Er war etwa gleich groß wie Bajrush. Er pflanzte sich ganz nahe vor ihm auf und starrte ihm in die Augen.

Bajrush starrte zurück.

Yuki und Yuma, die bisher hinter Allmen gestanden hatten, stellten sich nun neben ihn. Viel sicherer fühlte er sich dadurch nicht.

Bajrush machte eine Vierteldrehung und ging ein paar Schritte von Fernando weg. Dann änderte er die Richtung und steuerte auf die Tür zum Indoor-Pool zu.

»Stopp!«, brüllte Fernando, folgte ihm und stellte sich ihm in den Weg.

Bajrush drängte sich an ihm vorbei, Fernando hielt ihn fest, Yuki und Yuma kamen ihm zu Hilfe.

Giacomo betrat den technischen Raum und ging auf die Japaner los.

»*Che accade?*«, rief eine laute Stimme.

Gianinazzi stand im Raum, und augenblicklich hörte das Gerangel auf.

Fernando war der Erste, der sprach. Er deutete auf Bajrush. »Er sagt, wir hätten Garrett einen Koi gestohlen und er sei da drin.«

Gianinazzis Gesicht war aufgedunsen, seine Augen waren gerötet, und sein langes angegrautes Haar hing in fettigen Strähnen herab. Er wandte sich an Allmen: »Können Sie mir das erklären, Herr, wie war doch Ihr Name? Sie waren doch gestern auch mein Gast?«

»Allmen. Johann Friedrich von Allmen. Mein Geschäftspartner, Carlos de Leon, hat gestern den besagten Fisch in Ihrer Indoor-Anlage entdeckt. Er wurde dabei niedergeschlagen und lebensgefährlich verletzt.«

»Was hatte er denn hier unten zu suchen? Wahrscheinlich wurde er für einen Einbrecher gehalten und von irgendjemandem meiner Crew dingfest gemacht. Weißt du etwas darüber, Fernando?«

»Wir fanden ihn da vor der Tür und riefen einen Krankenwagen.«

»Und du, Giacomo?«

»Ich hatte oben Dienst.«

Gianinazzi wandte sich wieder an Allmen. »Wie sieht er denn aus, der vermisste Fisch?«

Allmen nahm das Foto von Boy aus seiner Brieftasche und reichte es ihm.

Gianinazzi pfiff, wie die Straßenarbeiter in italienischen Schwarzweißfilmen schönen Frauen nachpfiffen. »Ein wunderschöner Tancho! Nein, den haben wir nicht geklaut.« Und dann lachte er auf. »Leider.«

Allmen, Bajrush, Yuki und Yuma reagierten nicht. Schließlich schlug Gianinazzi vor: »Wollen Sie sich persönlich davon überzeugen?«

»Das wäre sehr hilfreich, um alle Missverständnisse auszuräumen.«

Gianinazzi sah seinen Fischpfleger an. »Dann lass die Herren ein.«

Fernando rührte sich nicht.

Sein Boss schüttelte den Kopf und ging auf die Tür zu. Sie war verschlossen. Ohne Fernando anzusehen, hielt er ihm die offene Hand hin. Fernando legte den Schlüssel hinein.

Gianinazzi schloss auf, öffnete die Tür und trat beiseite. »Bitte, meine Herren.«

Unter einem von unzähligen Pflanzenleuchten strahlenden Himmelsgewölbe wuchs eine tropische Vegetation um einen Teich von bestimmt über hundert Quadratmeter Fläche. Auf der Seite führte eine kleine Rolltreppe hinunter auf die Ebene des Teichgrundes. Die Wände waren auf einer Länge von über zehn Meter durchgehend aus Glas. Wie durch die Scheiben eines Aquariums konnte man von hier aus die Gestaltung des Teichgrundes bewundern, die Unterwasservegetation und einen Teil eines Schiffswracks im Maßstab eins zu zehn. Am Ende des Aquariumteils führte eine zweite Rolltreppe auf Wasserspiegelhöhe.

Von dort aus erhob sich ein himmelblaues Gewölbe in weitere vier Meter Höhe. Ein schmaler Kiesweg wand sich durch die Vegetation und traf immer wieder auf das Ufer und auf lauschige Plätzchen als Fütterungsstellen.

Gianinazzi führte Allmen, Bajrush, Yuki und Yuma zu einer davon und wedelte mit der Hand ein wenig im Wasser. Sofort kamen die Kois angeschwommen. Es waren nicht viele, zwölf oder dreizehn. Und Gianinazzi kannte sie auch nicht mit Namen. Aber sie waren groß und bunt.

Keiner war weiß mit einem roten runden Fleck auf dem Schädel.

»Ist der darunter, den Sie suchen?«, fragte Gianinazzi mit etwas spöttischem Unterton.

»Nein. Aber mein Partner sagte, er sei allein in einem Netz geschwommen.«

Gianinazzi führte sie auf einen Steg, der zu einer kleinen Plattform in der Mitte des Teiches führte. »Sehen Sie irgendwo ein Netz?«

Alle vier starrten angestrengt in das kristallklare Wasser. Weit und breit war kein Netz zu sehen.

»Vielleicht liegt es am Schlag auf den Kopf. Danach ist das Gedächtnis oft getrübt«, vermutete Gianinazzi.

»Gut möglich«, räumte Allmen ein.

Auf der Rückfahrt gerieten sie in einen Stau. »Ist das immer so?«, fragte Allmen, um nicht ganz schweigend im Fond zu sitzen.

»Im August immer«, antwortete Jaime.

Ein rotes Löschflugzeug flog tief über den Stau hinweg.

13

Carlos hatte wieder etwas Farbe. Der Kopfteil seines Bettes war hochgestellt, und auf dem Nachttisch standen die Überreste eines späten Mittag- oder frühen Abendessens. Etwas Tortilla Española, ein paar schlappe Salatblätter, zwei Scheiben Tomaten.

Der junge Mann mit dem geschienten Bein und dem Kopfverband trug wieder seinen Kopfhörer und rauchte. »Darf man hier rauchen?«, flüsterte Allmen Carlos zu.

Er schüttelte den Kopf.

»Soll ich etwas sagen?«

Wieder schüttelte Carlos den Kopf.

Der eine eingefallene Greis schlief. Das Bett des anderen war leer. Carlos deutete stumm mit dem Kinn darauf und bekreuzigte sich.

Allmen fragte sich, ob es pietätlos wäre, wenn er den einzigen Stuhl im Raum neben dem leeren Bett holen würde, und entschloss sich nach kurzem Zögern, es zu tun. Er setzte sich neben Carlos' Bett. »Wie geht's?«, fragte er.

»Sehr gut«, behauptete Carlos. »Und wie geht es dem Fisch?«

Allmens Zögern war nur kurz, aber lang genug, um Carlos fragen zu lassen: »Wo ist das Problem?«

»Er war nicht dort, Carlos.«

»Nicht mehr?«

Wieder zögerte Allmen einen Moment.

»Er war dort, Don John. Ich habe ihn mit diesen ...«, Carlos deutete mit Mittel- und Zeigefinger auf seine beiden Augen, »... mit diesen Augen habe ich ihn gesehen.«

Allmen nickte. »Gianinazzi und Fernando sagen, nein.«

»Und Sie glauben ihnen, Don John?«

Wieder zögerte Allmen einen Sekundenbruchteil zu lange.

»Sie glauben ihnen«, stellte Carlos fest.

»Es ist nur …«, lavierte Allmen, »… ein Schlag auf den Kopf kann manchmal das Erinnerungsvermögen …«

Allmen hatte Carlos noch nie beleidigt erlebt. Aber der Tonfall, in dem er sagte: »Mein Gedächtnis ist *excelente*«, änderte das. Er sah davon ab, Carlos darauf aufmerksam zu machen, dass er sich an den Schlag nicht erinnerte, und auch nicht daran, wie er vor den technischen Raum gelangt war.

In diesem Augenblick klopfte es.

Die Tür wurde vorsichtig geöffnet, und Marías besorgtes Gesicht sah herein.

»*Hola,* Carlos«, sagte sie.

»*Hola,* ähm …«, antwortete Carlos.

María eilte auf Carlos' Bett zu und umarmte ihn vorsichtig. »Du Ärmster, mein Leben!«

»María!«, rief Allmen aus und wiederholte den Namen, um Carlos zu helfen, »María! Wie kommen denn Sie hierher?«

»María, *mi amor*«, sagte nun auch Carlos, »was für eine Überraschung!«

»Mit dem Flugzeug«, antwortete sie.

»Ohne Papiere?«

»Schengen. Da braucht man keine Papiere.«

»Aber sie machen Stichproben.«

»Haben sie nicht gemacht. *Madre mía,* wie siehst denn du aus. Was haben sie mit dir gemacht?«

»Ich erinnere mich nicht. Die Ärzte sagen, ein Schlag auf den Kopf.«

»Von wem?«

»Ich weiß es nicht.«

María sah Allmen an. »Und Sie, Don John, wissen es auch nicht?«

Allmen schüttelte den Kopf.

»Waren Sie nicht dabei?«

Allmen schüttelte wieder den Kopf.

»Wo waren Sie denn?«

Carlos sprang ein: »Don John verfolgte eine andere Spur.«

»Aber Carlos war auf der richtigen«, fügte Allmen hinzu, um Fragen zu vermeiden.

»Ich habe den Fisch gefunden.«

»Ach ja? Der Auftrag ist abgeschlossen?«

Carlos sah zu Allmen auf. Der wandte sich an María: »Der Koi ist nicht dort.« Und dann verbesserte er sich rasch: »Nicht mehr.«

»Don John sagt, vielleicht habe der Schlag auf den Kopf mein Gedächtnis gestört«, erklärte Carlos ihr.

»Aber du bist sicher, dass du den Fisch gesehen hast?«

»Er schwamm in einem Netz.«

María blickte Allmen an: »Wenn Carlos sicher ist, dann war der Fisch da.« Damit ging sie zum

Fenster und riss es auf. »Dass man hier rauchen darf!« Und dann zu Carlos: »Darf man?«

Carlos' Zögern genügte ihr als Antwort. Sie ging zum Bett des Rauchers und sagte: »Bitte hören Sie auf zu rauchen.«

Der junge Mann reagierte nicht.

María hob eine der Kopfhörermuscheln ein Stück vom Ohr und wiederholte die Bitte. So, wie sie sie aussprach, klang sie eher wie ein Befehl.

Er sah sie kurz an und rauchte weiter.

Da nahm María wortlos das Zigarettenpäckchen vom Nachttisch, ging damit zum Fenster und warf es hinaus. Den Schwall von Schimpfwörtern ignorierte sie.

»Wann kommt der Arzt?«, wollte sie von Carlos wissen.

Carlos hob die Schultern.

»Ich hole ihn.«

14

Es dämmerte bereits, als Jaime sie nach Hause fuhr.

Carlos saß neben María im Fond. Sie hatte schließlich den zuständigen Arzt ausfindig gemacht und bei ihm so hartnäckig Überzeugungsarbeit geleistet, dass er das Handtuch warf und den Patienten entließ. Nicht ohne die schriftliche Bestätigung von María, Carlos und Allmen, dass sie die volle Verantwortung für die Entlassung gegen den ausdrücklichen medizinischen Rat übernahmen.

Auf der Fahrt wurden sie von zwei Wagen der *bomberos,* der Feuerwehr, überholt.

Im grüngelben Himmel tauchten zwischen den rötlichen Wolken immer wieder Löschflugzeuge auf und verschwanden wieder.

Eine Biegung der Straße gab den Blick frei auf die Hügelkette, hinter der Can Blanc lag. Auf einem davon fraß sich ein schmaler Feuersaum hinauf. Rauch stieg auf. Senkrecht, zum Glück, wie Jaime bemerkte. Das bedeutete, dass es windstill war.

An einer Stelle der Straße, die die Flanke des Hügels hinaufführte, erschwerten Fahrzeuge der Waldwache die Durchfahrt. Ein Uniformierter, dessen Hemd die Aufschrift *»Agents Rurals«* trug, hielt sie an. Jaime ließ das Fenster herunter. Der Geruch von Rauch und Feuer drang in den Wagen. Er wechselte ein paar Worte mit dem Forstbeamten und fuhr weiter. Noch wortkarger als sonst.

Can Blanc lag friedlich im Abendlicht. Nichts war von dem Feuer zu spüren. Die warme Abendluft roch nach Pinien und Gewürzen. Nur das Motorengeräusch der Helikopter und Löschflugzeuge war ab und zu in der Ferne zu hören.

Marta hatte für Carlos und María ein anderes Quartier vorbereitet, eines ohne Treppe. Sie wohnten jetzt in einem kleinen Nebengebäude für Gäste. Dorthin zogen sie sich nun auch zurück.

Allmen setzte sich unter den großen Feigenbaum und ließ sich eine Flasche Cava bringen. Im Westen verglühte das Meer wie flüssiges Eisen. Vom Wald her ertönte der Schrei des Kauzes. Und manchmal war es Allmen, als hörte er das Kläffen der Podencos.

Jetzt hörte er Schritte hinter sich. Er drehte sich um und erschrak. Eine gebückte und doch hohe, magere Gestalt näherte sich. Es war Vale.

»Verzeih, wenn ich dich erschreckt habe«, sagte er.

»Ich erschrecke leicht dieser Tage«, erklärte Allmen. »Es geschehen so viele seltsame Dinge auf dieser Insel, das zehrt etwas an den Nerven.«

Vale setzte sich zu ihm.

»Ich wusste nicht, dass Sie noch hier sind«, wunderte sich Allmen.

»Du«, korrigierte ihn Vale.

»Sie«, sagte Allmen. Und er, der Bauernsohn, dessen Vater außer der Geistlichkeit des Dorfes kaum je jemanden gesiezt hatte, konnte es nicht lassen hinzuzufügen: »Erziehungssache.«

»Ich weiß«, gab Vale zurück, »ich musste es mir

auch angewöhnen. Sogar meine Eltern hatten sich gesiezt.«

Allmen nickte wissend.

»Ich habe fast den ganzen Tag geschlafen, und als ich erwachte, war niemand da, der mich nach Hause fahren konnte. Und jetzt warte ich auf Jaime.«

In diesem Moment kam Marta vom Haus. Sie trug ein Tablett mit etwas Schinken, Salchicha, Manchego-Käse, Brot und einem Cava-Kelch für Vale. »Jaime isst noch etwas, dann fährt er dich«, sagte sie zu Vale.

Als sie gegangen war, fragte er: »Was ist mit Carlos passiert?«

Allmen erzählte es ihm. Das Detail mit dem Millionen-Koi ließ er aus. Er wollte Vales Diskretion nicht auf die Probe stellen.

Am Schluss von Allmens Bericht blieb eine Art von Schweigen zurück; nicht etwa die, weil man nicht weiß, was sagen. Sondern jene, weil man nicht weiß, wie.

Doch sehr lange dauerte es nicht, bis Vale sagte: »Die Frage ist mir sehr unangenehm, aber ich stelle sie trotzdem: Ich ging eigentlich davon aus, dass das erwähnte Tageshonorar täglich und in bar fällig ist.«

Garrett hatte Bajrush bei seinem Besuch heute

Vormittag beiläufig angewiesen, Allmen »mit einem kleinen Spesenkonto auszurüsten«. Das ermöglichte es ihm nun, dass er nonchalant in die Brusttasche greifen und von einem Bündel Geldscheinen zehn Hunderter abzählen konnte.

»Das Taxi habe ich ja schon bezahlt, hatten Sie sonst Spesen?«

Vale überlegte.

»Trinkgelder?«, half Allmen nach.

Vales Miene hellte sich auf. »Genau, Trinkgelder.«

Allmen fügte noch einen Hunderter dazu. »Reicht das?«

»Ich denke schon«, vermutete Vale.

Allmen legte noch einen Fünfziger dazu. Vale bedankte und verabschiedete sich.

Der Lichtstreifen, den die Sonne am Horizont zurückgelassen hatte, war jetzt vom Meer verschluckt worden. Und das Licht, das der noch fast volle Mond und die Sterne zurückgelassen hätten, wurde nun von einer dichten Wolkendecke verborgen.

Einmal schimpfte eine Amsel, die in ihrem Schlaf gestört worden war. Ein Hund bellte in der Ferne, ein anderer antwortete von noch ferner. Allmen schenkte sich das Glas voll.

Würde er auch einmal werden wie Vale? Ein alter Mann, der allen ein wenig lästig ist? Mehr geduldet als gemocht? Eine Erinnerung an Zeiten, die die meisten anderen nie erlebt oder schon vergessen hatten?

Würde Carlos sein letzter Getreuer sein, wie Ruben der von Vale? Und würde er, Allmen, über ihn auch sagen, dass er ihn längst durch einen Jüngeren hätte ersetzen sollen? Als gäbe es einen Jüngeren, dem diese Arbeit zuzumuten wäre.

Überhaupt: Wie lange würde Carlos noch bei ihm bleiben, jetzt, wo er eine Frau hatte und eine Zukunft?

Und wenn er dann alt wäre und fremde Besucher kamen, würde er auch darum bitten, nicht über Verstorbene zu reden? Weil er nie über den Tod spräche. Weil er für ihn nicht existierte?

Der Himmel wurde durch ein Wetterleuchten erhellt, aber es folgte kein Donnergrollen.

Er schenkte sich den Rest Cava ein. Wo würde er leben als alter Mann? Und vor allem: wovon?

Es kam nicht oft vor, dass er von solchen Gedanken geplagt wurde. Er hatte sich stets etwas darauf eingebildet, ein Gegenwartsmensch zu sein. Ohne diese Eigenschaft hätte er nie dieses Leben führen können. Warum jetzt plötzlich diese Zukunftsgedanken?

Lag es an den unheimlichen Ereignissen? Freddys

Tod. Und dessen Umstände. Der Überfall auf Carlos. Die Menschenmassen auf der Autobahn. Die unbekannten Männer, die er in der Nacht von hier aus gesehen hatte. Das Rudel wilder Hunde. Der japanische Fischpfleger auf dem Markt mit dem italienischen. Das seltsame Fest wie im alten Rom. Carlos, der sich genau erinnern wollte, den Koi gesehen zu haben, aber dem der Name seiner über alles Geliebten nicht präsent war. Vale, das wandelnde Orakel seiner Zukunft. Seine eigene befremdliche Affäre mit der rätselhaften Akina. Und jetzt die Katastrophenstimmung des Waldbrandes, die sich langsam ausbreitete und auf die Insel übertrug.

Nun war das Wummern der Disco wieder zu hören, begleitet von Blitzen und Donnergrollen.

Marta kam und fragte, ob er noch etwas wünsche. Als es wieder blitzte und donnerte, blickte sie besorgt zum Himmel. »Hoffentlich regnet es. Und hoffentlich stürmt es nicht«, sagte sie.

Nein, er habe keinen Wunsch mehr, sagte Allmen. Doch – ein Taxi.

Während er darauf wartete, kam etwas Wind auf.

15

Allmen war jetzt dort, wo das Wummern herkam, im »Nowhere«, der neuesten Disco der Insel.

Der Türsteher hatte den Gast im khakifarbenen Maßanzug mit Krawatte etwas erstaunt gemustert, aber den Hunderter, den er ihm diskret zusteckte, genommen und den Señor durchgelassen.

Der Einlass in den VIP-Bereich war dank Allmens selbstsicheren und herablassenden Auftretens noch unproblematischer. Er wurde sofort an einen Tisch an der Brüstung geführt, mit freier Sicht auf das Gewusel im zuckenden Stroboskoplicht.

Der Technosound war schwer auszuhalten für Allmens Pianistengehör. Nicht nur wegen der Lautstärke.

Er bestellte eine Flasche Cava, und die Bedienung brachte ihm eine Flasche Champagner und machte die Musiklautstärke für die lukrative Verwechslung verantwortlich.

Allmen war hierhergekommen, um auf andere Gedanken zu kommen. Aber das Gegenteil geschah: In dieser Umgebung fühlte er sich alt, und das brachte seine Gedanken wieder aufs Alter. Doch während dieses in Can Blanc noch in der Zukunft gelegen hatte, war es hier zwischen all den jungen Leuten in die Gegenwart gerückt. Nicht alle, die hier tanzten und lachten und herumtobten und herumschmusten und tranken und sich zudröhnten, waren jung. Es gab durchaus auch einige ältere. Aber die unterstrichen die Diskrepanz noch und ließen ihn sein Alter noch deutlicher spüren.

Tief in diese Gedanken versunken saß er da, nippte an seinem Champagner und starrte blicklos auf die riesige Tanzfläche.

Im Gewitter des blitzenden Lichts verschwammen die Leiber zu einem einzigen pulsierenden Organismus.

Doch langsam kristallisierten sich zwei Körper heraus. Sie bewegten sich nahe an der Brüstung, verschmolzen zu einem und trennten sich wieder.

Es war ein Paar, das sich leidenschaftlich umarmte und küsste, sich kurz für ein paar Tanzschritte trennte und sofort wieder begierig vereinte.

Den Mann konnte Allmen nicht ausmachen.

Aber die Frau war Akina.

Allmen nahm Flasche und Glas und zog sich an einen Tisch außerhalb der Sichtweite der Tanzfläche zurück. Er wusste nicht, ob aus Diskretion oder um der Peinlichkeit einer Begegnung zu entgehen. Vielleicht aus beiden Gründen.

Weshalb traf ihn das so, fragte er sich. Es war ja nicht das erste Mal in seinem Leben, dass etwas auseinanderging, bevor es richtig zusammengekommen war.

Die Antwort war rasch gefunden: Es waren ebenjene Gedanken, die er an diesem Ort gerade loswerden wollte. Sie gaben dem Zwischenfall, der ihn sonst ein Lächeln gekostet hätte, eine andere Bedeutung. Die Gedanken an die Zukunft. Und die Gedanken an das Alter, die diese mit sich brachten. Er hatte den Mann mit Akina zwar nicht genau gesehen, aber so viel hatte er erkannt: Er war bedeutend jünger als er selbst.

Normalerweise war Champagner das Getränk, das ihm jedes Mal ein kleines Glücksgefühl bescherte, auch wenn es noch so unmotiviert war. Aber diesmal blieb diese Wirkung aus. Oder vielleicht wollte er sie gar nicht. Möglicherweise brauchte sein Gemüt etwas Schwermütiges. Er wusste zwar nicht, was ein schwermütiger Drink war, aber war nicht ein Wermutstropfen etwas, das einem die Freude etwas verdarb und etwas Bitterkeit brachte?

Er bestellte einen Negroni.

Beim zweiten war er so weit, dass er die Übung abbrechen wollte. Auftrag erfüllt und doch gescheitert. Sein Partner verletzt. Sein alter Schulfreund tot. Und … Aber das tat nichts zur Sache.

Gleich morgen würde er zu Garrett fahren und in Anstand und Würde den Auftrag zurückgeben.

Der DJ machte eine Pause, und die Musik hatte sich verändert. Lounge-Sound erfüllte nun das »Nowhere«. Viele Tänzer nutzten die Gelegenheit, etwas zu chillen. Am Nebentisch ließ sich eine Gruppe junger Leute nieder. Sie waren verschwitzt und aufgedreht und sprachen Englisch mit verschiedenen Akzenten.

Zwei der Mädchen kamen Allmen bekannt vor. Aber erst als er hörte, wie sie miteinander Dänisch sprachen, erinnerte er sich: die beiden Däninnen von Freddy Turnbill, in der gleichen Kicherlaune wie damals bei ihrem ersten Besuch bei Freddy.

Allmen winkte ihnen zu, aber sie erkannten ihn nicht, parodierten seinen Gruß und wandten sich wieder den anderen zu.

Allmen fügte seinem letzten Negroni noch einen allerletzten hinzu.

Der Weg nach draußen führte am Tisch mit den zwei Däninnen vorbei. Erst aus dieser Nähe erkannte Allmen das Oberteil, das die eine von ihnen trug. Es war ein um den Nacken gelegter, über die Brüste gekreuzter und im Rücken zusammengebundener Schal.

In den Farben der Charterhouse School, Blau, Rot, Gelb, und das Wappen mit dem Motto – Allmen kannte es auswendig – *Deo Dante Dedi.* Da Gott gab, gab ich.

Freddy hatte ihr seinen Charterhouse-Schal geschenkt.

Er trat aus dem »Nowhere«. Eine warme, trockene Böe erfasste ihn. Er nahm eines der wartenden Taxis. Als er die Adresse nannte, sagte der Fahrer: »Direkt ins Feuer.«

16

Der Kamm des Hügelzugs, an dessen Fuß Can Blanc lag, war jetzt hinterleuchtet. Die Flammen hatten sich noch nicht über den Grat gefressen, aber es war nur noch eine Frage der Zeit.

Marta und Jaime standen auf dem Platz vor der Finca und blickten besorgt zum Hügel hinauf. Auch María stand dort. Sie warf ihm den Blick zu, den er von ihr kannte, wenn er spät nach Hause kam. Und nicht ganz nüchtern. Es war kurz nach drei Uhr früh.

Windböen zerzausten die Kronen der Palmen und zerrten an den großen Feigenblättern. Alle Hunde der Umgebung bellten.

Allmen begrüßte die drei mit einem Nicken und stellte sich neben María. Sie blickte kurz zu ihm auf und murmelte: »Es wäre besser, Sie würden sich hinlegen.«

Allmen fragte: »Wie geht es Carlos?«

»Er schläft.«

»Hat er Schmerzen?«

»Ich weiß es nicht. Er sagt nichts, Sie kennen ihn doch, Don John.«

Eine Böe trug den Geruch des Feuers herbei.

»Puta madre!«, stieß Jaime aus. Auf dem Hügelkamm war jetzt ein kleiner Feuerpunkt zu sehen.

»Falls ihr mich braucht, ich bin oben«, sagte Allmen. Er deutete auf das Hauptgebäude und konnte sich des Eindrucks nicht erwehren, dass er auf allen drei Gesichtern eine Spur von Heiterkeit gesehen hatte.

Auf der Treppe zu seinem Zimmer dachte er, dass er auf den letzten Negroni hätte verzichten sollen.

Und auf den zweitletzten auch.

17

Er befand sich auf dem Grund eines Teiches, inmitten von Wasserpflanzen. Unterwasserpalmen, Unterwasserfeigen, Unterwasserpinien.

Akina schwamm darin. Sie war nackt und sehr weiß. Sie berührte ihn beinahe beim Vorbeischwimmen, und Allmen streckte jedes Mal die Hand nach ihr aus. Doch immer griff er ins Leere. Dann sah sie ihn jeweils an und lächelte.

Nun versteckte er sich hinter einer Unterwasserpinie und wartete, bis sie wieder vorbeischwamm. Sie ließ sich lange Zeit. Aber endlich kam sie, und er packte sie. Sie wehrte sich nicht. Widerstandslos und geschmeidig ließ sie sich von ihm in die Arme nehmen.

Er wollte sie küssen, aber ihr Mund war plötzlich groß und breit wie der eines Fischs. Er packte sie links und rechts am Kopf bei den Kiemen. Sie war ein weißer Karpfen mit einem roten, kreisrunden Fleck auf dem Schädel. Er ließ sie erschrocken los, und sie verschwand hinter einer brennenden Unterwasserpalme.

Allmen watete ans Ufer. Dort stand sie, wieder Akina. Sie trug nichts außer einem blaurotgelben Seidenschal, den sie über den Nacken gelegt, vor den Brüsten gekreuzt und im Rücken geknotet hatte.

Allmen ging auf sie zu und nahm sie in die Arme. Als er sie küssen wollte, brach sie in ein hohes Gekicher aus. Und war plötzlich die Dänin.

Sie befanden sich nun in der Disco, und der Technosound klang wie ein ohrenbetäubendes Motorengeräusch.

Allmen schrak auf. Er befand sich im Bett. Aber

das Motorengeräusch hielt an. Er wollte sich aufrichten, aber sein Kopf schmerzte derart, dass er ihn wieder vorsichtig auf das Kissen zurücksinken ließ.

Zu Hause würde er jetzt Carlos klingeln, und der würde ihm ein Katerfrühstück oder, wenn er in einem Zustand wie dem jetzigen war, zwei Alka Seltzer bringen. María ebenso. Sie allerdings meistens, ohne dass er klingeln musste.

Sein Nacken war steif, und das Schlucken schmerzte.

Er rappelte sich wieder auf, blieb am Bettrand sitzen, wartete, bis sich der Aufruhr in seinem Kopf gelegt hatte, schenkte sich aus der Karaffe das Glas auf dem Nachttisch voll und trank es in einem Zug leer. Er stand auf, zog den Hausmantel über, öffnete den Vorhang vor der Terrassentür und das Fenster. Eine Mischung aus warmer Luft, Rauch und Motorenlärm drängte sich ins Zimmer.

Allmen trat auf die Porche hinaus.

Eines der Motorgeräusche stammte von einer Motorsäge. Jaime und einer der Männer, die in der Landwirtschaft von Can Blanc halfen, waren dabei, eine Pinie zu fällen. Wohl, weil sie zu nahe am Haus stand. Denn der oberste Teil des Waldes, der hinter der Finca begann, stand nun in Flammen. Das andere Motorengeräusch, das ihn geweckt hatte, stammte von einem Helikopter, an dessen Rumpf ein frisch geleerter, noch triefender Wassersack baumelte.

Allmens erster Impuls war, in Pyjama, Hausmantel und Hausschuhen hinauszugehen. Aber dann entschied er, dass es auf zwanzig Minuten nun auch nicht mehr ankomme, duschte und rasierte sich und wählte einen Anzug. Angesichts der zu erwartenden Asche einen dunklen.

Der Helikopter hatte am Pool seinen Wassersack gefüllt und hob gerade wieder ab zum Brandherd, als Allmen aus dem Haus trat. Marta stand bei einer Gruppe von Leuten: ein paar Bauern aus der Nachbarschaft, zwei Feuerwehrleute mit gelben Helmen und Schutzjacken und zwei Mitglieder des Personals.

Allmen gesellte sich zu ihnen, und sie wechselten aus Rücksicht auf ihn von *ibicenco* auf *castellano.* Das Gespräch drehte sich um Vermutungen über die Brandursache. Jemand hatte eine Gruppe junger Leute gesehen, die in der Nähe einer Ruine wild kampierten. Jemand schob die Schuld auf die Feuerwerke all der Italiener, die ihren Ferragosto gefeiert hatten. Aber die meisten waren sich einig, dass, was immer die Brandursache gewesen war, das Feuer nicht so viel Nahrung gefunden hätte, wenn ein gewisser Jordi nicht zu faul oder zu geizig oder beides gewesen wäre, seinen Wald vom Unterholz und Fallholz zu putzen.

Es herrschte dieselbe Stimmung von Angst und Euphorie, die Allmen einst bei einem Vulkanausbruch in Guatemala erlebt hatte.

Er hörte nur noch halb der aufgeregten Unterhaltung zu, seine Gedanken wanderten zum gestrigen Tag, der seltsamen Nacht und dem wirren Traum.

Hatte Carlos wirklich den Fisch gesehen? War ihm nicht Marías Name kurz entfallen? War er, Allmen, wirklich auf dem Weg, ein Vale zu werden? Was hatten diese ungewohnten Gedanken an die Zukunft und das Alter bei ihm zu suchen? Warum traf ihn die Untreue von einer, deren Untreue er so genossen hatte? Warum beschäftigte ihn die Wiederbegegnung mit Freddys Däninnen? Warum wurde Akina im Traum zum Koi und dann wieder zu Akina und dann wieder zu Freddys Dänin? Zu Freddys Dänin mit Freddys Schal?

Moment.

Hatte Freddy mit diesem Charterhouse-Schal nicht die Brille gereinigt, damit er die Visitenkarte von Allmen International Inquiries lesen konnte?

Und waren die Däninnen da nicht bereits gegangen?

Er bemerkte, dass es still geworden war und ihn alle anschauten, als erwarteten sie eine Antwort.

»Entschuldigung«, sagte er, »ich war mit den Gedanken woanders. Haben Sie mich etwas gefragt?«

Marta sagte: »Nein, wir haben nur gelauscht.«

»Auf was?«

»Auf den Wind.«

»Ja, der Wind. Ist er nicht schrecklich?«

»Nein. Er hat aufgehört.«

18

Carlos lag angekleidet auf dem Sofa des Salons im Gästehaus. María hatte ihm soeben den Verband entfernt. Die rechte Schläfe war fast bis zum Scheitel rasiert und orange eingefärbt. Über dem Ohr verlief eine zehn Zentimeter lange, mit schwarzem Faden genähte Naht.

María desinfizierte sie und klebte ein Heftpflaster darüber. Als sie damit fertig war, wollte sich Carlos vom Sofa erheben. Sofort wurde er von María gestützt.

»Das ist nicht nötig«, sagte Carlos unwirsch, »ich bin nicht invalide.« Er machte sich los und verließ den Raum.

»Männer«, stieß María kopfschüttelnd aus.

Als Carlos zurückkam, trug er eine schwarze

Baseballmütze mit dem silbern glitzernden Logo »Nowhere«. Selbstbewusst stapfte er an María und Allmen vorbei, öffnete die Haustür und ging hinaus. Sie folgten ihm.

Der Brand hatte sich über den Hügelkamm gefressen und den Abstieg begonnen. Ein rotes Löschflugzeug war im Anflug, und sie warteten alle fasziniert darauf, dass es seine Wasserwolke freiließ.

Jetzt.

Wie die Brautschleppe eines roten Engels folgte sie dem Flieger und fiel, erst leicht, dann schwer, in die im Tageslicht kaum sichtbaren Flammen. Dort verzischte sie und stieg als Schleier aus Dampf, Rauch und Asche in den Himmel.

»Gott sei Dank«, war Martas Stimme zu hören. »Ohne Wind können sie das Feuer vielleicht löschen. Du solltest im Bett sein, Carlos.«

Sie war unbemerkt dazugetreten und musterte Carlos vorwurfsvoll.

»*Gracias*«, antwortete er nur, wie es der Brauch war in seiner Heimat, wenn sich jemand um einen besorgt zeigte. Aber er blieb stehen und sah weiter den Löscharbeiten zu.

Marta zuckte mit den Schultern und ging weiter auf ihr Haus zu. María begab sich zurück ins Gästehaus.

Schweigend standen Allmen und Carlos nebeneinander und blickten zum Feuer hinauf.

»Carlos.«

»*Sí*, Don John.«

»Wir sollten nach Hause gehen.«

»Wie bitte?«, fragte Carlos überrascht.

»Wir sind nicht die Richtigen für diesen Auftrag, Carlos.«

»Warum nicht?«

»Wir werden den Fisch nicht finden.«

»Don John, wir haben ihn schon gefunden.«

»Und? Wo ist er?«

»Wir wissen, wer ihn hat.«

»Wir vermuten es.«

Carlos' Gesicht verfinsterte sich. »Ach so, stimmt. Sie glauben mir ja nicht, dass ich ihn gesehen habe.«

»Doch, Carlos, ich glaube Ihnen. Aber was nützt es? Wie bekommen wir ihn? Die Sache ist … sie ist zu …«, Allmen zögerte. »… zu gefährlich.«

Carlos nickte nachdenklich. Schließlich sagte er: »Sie haben Angst.«

Jetzt war es an Allmen zu nicken. »Und? Leute, die keine Angst haben, machen mir Angst.«

»Und mir Leute, die keine Ehre haben.«

Während des Gespräches hatte Allmen weiterhin zum brennenden Hügel hinaufgeschaut. Jetzt sah er überrascht Carlos an und begegnete seinem herausfordernden Blick. So hatte er ihn noch nie gesehen.

»Wie darf ich das bitte verstehen?«, fragte Allmen ganz formell.

Carlos' Ausdruck wurde wieder milde, fast ergeben. »Don John, verzeihen Sie, ich meine nicht Sie. Ich meine mich. Niemand glaubt mir. Alle stellen mich als Lügner oder Prahlhans dar. Ich will beweisen, dass ich den Koi gesehen habe. Nein, nicht: Ich will. Ich muss.«

Es klang so entschlossen, dass Allmen fragte: »Und wenn ich nicht will?«

»Dann suche ich allein.«

19

Die Straße über den Hügel war wegen der Löscharbeiten gesperrt. Sie waren gezwungen, ihn auf einem großen Umweg zu umfahren.

Als das geschafft war, bot sich ein trostloser Anblick: Der größte Teil der Westflanke war schwarz, da und dort stiegen Rauchsäulen auf, und an mehreren Stellen war das Kalkweiß der Mauern ausgebrannter Gebäude zu sehen.

Der Verkehr lief stockend, überall standen Räumungsfahrzeuge und die Wagen der Schaulustigen. Jaime saß am Steuer, Allmen auf dem Rücksitz neben Carlos. María war in Can Blanc geblieben und hatte es offengelassen, ob sie noch dort sein werde, wenn Carlos zurückkam.

Die Abschiedsszene war dramatisch gewesen. Wenn er jetzt losfahre, lehne sie die Verantwortung ab, die sie im Krankenhaus leichtsinnigerweise schriftlich übernommen habe. Sie werde sich in die nächste Maschine setzen und zurückfliegen. Oder warum nicht direkt nach Bogotá?

Aber Carlos war stur geblieben. Im Gegensatz zu Allmen, der sich im letzten Moment entschloss, Carlos nicht allein fahren zu lassen.

Sie waren unterwegs zu Vale. Carlos hatte aus einem Gespräch zwischen Marta und der jungen Haushaltshilfe aufgeschnappt, dass Vale in der Nacht des Ferragosto in Can Blanc übernachtet hatte.

»Wenn Vale der letzte Gast war, hat er vielleicht etwas gesehen, Don John«, hatte er gesagt.

Er hatte ihn angerufen, aber Vale war nicht zu erreichen gewesen, worauf Carlos darauf bestanden hatte, ihn aufzusuchen.

Der alte Ruben kam ihnen entgegen, als sie vor Vales Finca vorfuhren. Er wechselte ein paar Worte mit Jaime auf Eivissenc.

»Vale schläft«, übersetzte der. »Man darf ihn nicht stören.«

Allmen und Carlos war diese Situation vertraut, und sie setzten sich an den Tisch unter dem Johannisbrotbaum und tranken von dem Wasser, das Ruben ihnen offerierte, bevor er sich zurückzog.

Jetzt erst erzählte Allmen Carlos die Sache mit dem Charterhouse-Schal.

»*Sí*, Don John, ich bin ganz sicher, dass Don Freddy den Schal noch trug, als die Señoritas gegangen waren.«

»Nicht wahr?«, pflichtete Allmen ihm bei.

»Aber vielleicht besaß er mehr als einen«, gab Carlos zu bedenken.

»Daran habe ich auch gedacht«, räumte Allmen ein. »Aber falls nicht?«

»Falls nicht, bedeutet das, dass Don Freddy das Mädchen noch einmal traf.«

»Genau. Oder dass sie noch einmal bei ihm war. Allein oder zu zweit …«

Und Carlos ergänzte: »Ob Don Freddy zu Hause war oder nicht …«

»Vielleicht sollten wir noch einmal nach Can Pep hinauf.«

»Vielleicht.«

Schlurfende Schritte waren jetzt auf dem Kiesvorplatz zu hören. Vale war erwacht und kam auf sie zu. Allmen und Carlos erhoben sich.

»Entschuldigt bitte, Ruben hätte mich wecken sollen. Die Weisung, es nie zu tun, gilt natürlich nicht für Kunden.« Er setzte sich zu ihnen. »Was? Ihr trinkt Wasser? Hat er euch keinen Wein angeboten? Ruben!«

Die Weinbestellung galt mehr Vale selbst als seinen Gästen. Ruben brachte eine Flasche des *vino payés,* auf dem noch Reste vom Etikett des Weines klebten, der sich ursprünglich in der Flasche befunden hatte. Allmen wehrte vergeblich ab.

Vale wandte sich an Carlos: »Ich freue mich, dass es deinem Kopf wieder gutgeht.«

»*Gracias.*«

»Gut ist zu viel gesagt«, meinte Allmen.

»Warum bist du dann nicht im Bett?«

Carlos antwortete auf eine für ihn untypisch direkte Weise: »Weil ich mit Ihnen reden muss.«

Auch Allmen kannte Carlos nicht von dieser selbstsicheren Seite. Normalerweise hielt er sich im Hintergrund und überließ das Reden seinem Patrón. Aber in dieser Angelegenheit betrachtete er sich offenbar als Wortführer. »Sie waren einer der letzten Gäste bei Señor Gianinazzis Fest.«

»*Der* letzte«, korrigierte Vale nicht ohne Stolz. »Die räumten schon auf, als ich ging.«

»Was haben Sie denn dort so lange gemacht?«, wunderte sich Allmen.

»Du weißt ja, wie das ist bei Partys. Man kommt ins Gespräch, trinkt ein bisschen was, trifft Leute, die man schon lange nicht mehr gesehen hat. So vergeht die Zeit im Flug.« Vale trank ein bisschen was.

Allmen auch.

Carlos verlor die Geduld und führte seine direkte Strategie fort: »Bevor ich niedergeschlagen wurde, habe ich im Indoor-Teich einen Koi gesehen, den Señor Garrett vermisst. Als Don John am nächsten Tag zurückkam, war er nicht mehr dort. Er muss weggebracht worden sein. Deswegen wollte ich mit Ihnen sprechen. Als letzter Gast haben Sie vielleicht etwas beobachtet.«

Vale überlegte. Er trank das Glas leer und schenkte sich nach. »Tut mir leid, ich habe nichts beobachtet.«

»Carlos meint, vielleicht eine Kleinigkeit«, erläuterte Allmen. »Jemand, der etwas rausgetragen hat, etwas Schweres. Ein Transport. Der Koi ist einen Meter lang und über zwanzig Kilo schwer. Und er kann nur im Wasser leben. Das muss man ja mittransportieren.«

Vale dachte angestrengt nach. Zu angestrengt, als dass es echt wirken würde, fand Carlos. »Wo waren Sie denn gegen Ende der Party, Señor Vale?«

»An verschiedenen Orten«, antwortete er vage.

»Und meistens?«

Allmen bewunderte im Stillen Carlos' Verhörmethode.

»Meistens?« Vale überlegte. »Meistens in einem der Korbsessel.«

Carlos nickte. Dann sagte er, und es klang resigniert: »Schlafend, nicht?«

»Es war spät.«

»Und als Sie aufgewacht sind, war alles vorbei. Und Sie haben ein Taxi bestellt und sind nach Can Blanc gefahren.«

Vale nickte. »Die Einzigen, die mich hätten fahren können, haben sich geweigert. Dabei hätten die genug Platz gehabt in ihrem Lieferwagen, die Idioten.«

»Wer?«, wollte Carlos wissen.

»Giacomo, Vittorios Wächter. Und Fernando, sein Fischpfleger.«

20

Auf dem Weg von der Finca zum Wagen raunte Allmen seinem Diener und Partner zu: »Vor Jaime sprechen wir nicht darüber.«

»Weshalb nicht?«, fragte Carlos.

»Später«, antwortete Allmen.

Aber Carlos hatte schon verstanden.

Jaime hatte den Wagen im Schatten einer Pinie geparkt. »Hat Vale etwas beobachtet?«

Allmen schüttelte den Kopf. »Geschlafen hat er.«

Sie fuhren schweigend zur abgelegenen Can Pep. Der Himmel war jetzt wolkenlos, und die Sonne stand schon tief. Einmal schielte Allmen verstohlen zu Carlos hinüber und sah, dass dieser die Augen geschlossen hatte.

»Alles gut, Carlos?«, fragte er besorgt.

»Alles gut«, antwortete Carlos.

»Keine Kopfschmerzen?«

»Keine.«

»Gut.« Aber Allmen wusste, dass Carlos log. Er war ein schlechter Lügner. Jedenfalls viel schlechter als er selbst.

Als sie das letzte Stück des holprigen Weges nach Can Pep hinauffuhren, sah Allmen noch einmal diskret zu Carlos hinüber. Wieder hatte der die Augen geschlossen. Und bei jedem Ruck und jedem Schaukeln kniff er sie zusammen.

Allmen sagte nichts. Er fragte sich, ob María wohl ihre Drohung wahrgemacht hatte und abgereist war.

Auf dem großen Platz vor dem Haupthaus stand

ein Transporter mit der Aufschrift *Tosny International.* Die Doppeltür am Heck war weit geöffnet und die Laderampe heruntergefahren. Überall standen Möbel, bei vielen davon erinnerte sich Allmen noch, wo sie gestanden hatten: der große Olivenholztisch, an dem sie mit Freddy vor kurzem unter der Pergola gegessen hatten. Oder das durchgesessene Ledersofa, auf dem damals die zwei Däninnen lümmelten.

Drei Umzugsmänner trugen einen Steinway heraus. Allmen fiel ein, dass er in der Charterhouse School mit Freddy Turnbill vierhändig gespielt hatte. Freddy war der bessere Pianist als Allmen gewesen, aber Allmen fühlte sich als der inspiriertere.

Sie betraten den Porxo. Er war halb leergeräumt, und in den Duft der Wacholderbalken mischte sich bereits der von Staub und Abgestandenem. Allmen erinnerte sich, wie schnell die Villa Schwarzacker damals, als er gezwungen gewesen war, sie aufzugeben, das Aussehen und den Geruch des Unbewohnten angenommen hatte.

»*Can I help you?*«, fragte einer der Umzugsmänner.

»Wir suchen Juanita«, erklärte Allmen.

»Da oben ist jemand, ich weiß nicht, wie sie heißt.« Er deutete auf die Treppe, die zu Freddys Schlafzimmer führte.

Sie gingen hinauf. Im Raum stand noch das Bett mit der nackten Matratze. Darauf ein paar Dutzend Krawatten. En passant ließ Allmen eine von der St. Andrews University mitgehen. Man konnte nie wissen, wozu sie eines Tages nützlich war.

Auf dem Boden lagen hellblaue zugebundene Müllsäcke. Sandra, Freddys junge Haushaltshilfe, war dabei, Anzüge in einen noch nicht vollen zu stopfen. *Anderson & Sheppard* las Allmen auf einem eingenähten Etikett, auch sein bevorzugter Schneider in der Savile Row.

Sandra sah auf, und als sie Allmen und Carlos erkannte, kamen ihr die Tränen. »Alles fort«, schluchzte sie, »alles vorbei, so traurig.«

Allmen legte den Arm um sie, und sie weinte noch mehr.

Nachdem sie sich beruhigt hatte, fragte er: »Wo ist Juanita?« Die Frage brachte die Tränen wieder zum Fließen. »Juanita kommt nicht mehr.«

»Warum?«

»Am nächsten Tag kam sie nicht zur Arbeit. Als die Polizei eintraf und sie befragen wollte, ging ich nachsehen, wo sie so lange blieb. Sie lag noch im Bett.«

Wieder schluchzte sie auf. *»Muerta.«*

Carlos bekreuzigte sich.

Sie schwiegen, bis Sandra aufgehört hatte zu

weinen. Dann fragte Allmen behutsam: »Erinnern Sie sich an die beiden Mädchen, die hier waren, als wir kamen?«

Sie nickte. »Däninnen.«

»Sind die noch einmal gekommen?«

»Ich habe sie nicht mehr gesehen. Aber ich bin nur bis acht hier.«

»Und danach?«

»Juanita«, schluchzte sie.

Es dauerte noch eine ganze Weile, bis sie sich mit Anstand von Sandra verabschieden konnten. Als es endlich so weit war, fragte Carlos aus einer Eingebung heraus: »Ihr Kollege, der die beiden Señoritas in ihr Hotel fuhr, ist der noch hier?«

»Er ist mein Freund. Was wollen Sie von ihm?«

»Nur fragen, wohin er die beiden gefahren hat.«

»Ins Hostal Joaquina.«

Dritter Teil

1

Die Straße über den Hügel hinter Can Blanc war nicht mehr gesperrt, aber noch immer parkten in regelmäßigen Abständen Fahrzeuge der *Agents Rurals,* die Feuerwache hielten.

Jaime fuhr besonders rücksichtsvoll, denn Carlos ging es nicht gut. Schon zweimal hatte er um einen Halt gebeten und sich am Straßenrand übergeben. Und hier, auf der kurvenreichen Straße zu Can Blanc hinunter, geschah es zum dritten Mal.

María hatte ihre Drohung nicht wahrgemacht und war noch da, als sie ankamen. Es war ihr anzusehen, dass sie sich vorgenommen hatte, Carlos eine Standpauke zu halten, aber als sie sah, in welchem Zustand er sich befand, wurde sie fürsorglich, half ihm aus dem Wagen und führte ihn ins Haus.

»Es war zu viel«, sagte sie, mit einem vorwurfsvollen Seitenblick auf Allmen.

Der brauchte einen Reset. Den Ausdruck hatte

er von Carlos aufgeschnappt, der unter anderem auch als IT-Spezialist von Allmen International Inquiries fungierte.

Wie man ihn bei einem Computer bewerkstelligte, wusste Allmen nicht. Aber bei sich selbst schon: Er musste den Tag neu beginnen. Die Kleider, die er trug, loswerden, ein Bad nehmen, sich frisch rasieren, frische Kleider auswählen, die ihn in nichts an die erinnerten, die er eben noch getragen hatte. Und frühstücken.

Nach dem Neustart saß er allein am großen Esstisch beim Frühstück, das ihm die etwas verwunderte Marta zubereitet hatte, und las den *Diario de Ibiza.* Dessen Hauptthema war die Brandkatastrophe. An die tausend Hektar Wald waren zerstört worden. Man hatte einen Imker verhaftet, der verdächtigt wurde, mit einem Smoker fahrlässig umgegangen zu sein. Also mit dem Gerät, das den Rauch erzeugt, mit dem man die Bienen ruhigstellt, wenn man ihnen den Honig stiehlt.

Es klopfte an die schwere Eichentür. María trat ein und kam zum Tisch.

»Bitte setzen Sie sich«, sagte Allmen.

Aber sie blieb stehen. »Er schläft jetzt.«

»Das ist gut. Er war sehr müde.«

»Er hat mir erzählt, was Vale gesehen hat. Dann war der Fisch also da.«

»So scheint es.«

»Und? Was wollen Sie jetzt machen?«

»Ich werde Garrett informieren, wer den Fisch hat. Wie er weiter vorgehen will, bleibt ihm überlassen, unser Auftrag ist erfüllt. Er soll uns bezahlen und zurückfliegen lassen.«

»Glauben Sie, das tut er?«

»Wenn er ein Gentleman ist, schon.«

»Hoffentlich.«

»Möchten Sie einen Kaffee, María?«

»*Sí,* Don John«, antwortete sie, ging in die Küche und kam mit einem Espresso zurück. Jetzt setzte sie sich zu ihm.

»Carlos hat mir auch das von den beiden Mädchen erzählt. Und Ihrem Freund.«

Allmen lächelte traurig. »Er ist nicht sehr diskret.«

»Wir haben keine Geheimnisse voreinander.«

»Manchmal ist es besser, man hat welche.«

María ging nicht weiter darauf ein. »Und? Was wollen Sie in dieser Sache machen?«

Allmen seufzte. »Ich wollte so bald als möglich mit Carlos zu dieser Pension fahren und sie zur Rede stellen. Jetzt fahre ich allein. Es eilt, falls sie überhaupt noch dort sind.«

María überlegte. »Ich glaube, es wäre besser, wenn noch jemand von Allmen International dabei wäre. Und Frauen können besser mit Frauen sprechen.« Sie stand auf und wartete darauf, dass Allmen es auch tat.

»Und Carlos?«

»Ich werde Marta bitten, auf ihn aufzupassen.«

2

Das Hostal Joaquina lag am Südzipfel der Insel in Gehdistanz zur Bushaltestelle und zum Strand. Diese privilegierte Lage machte die Einfachheit der Pension wett. Die Zimmer waren nur mit einem Tisch, zwei Stühlen, einem Schrank und einem Bett möbliert. Es gab keine Klimaanlage und als Waschgelegenheit nur ein Waschbecken mit kaltem Wasser. Dusche und Toilette befanden sich auf dem Korridor. Man musste sie mit anderen Gästen teilen.

Im Erdgeschoss des Hostals befand sich ein Café mit ein paar Tischen. Es diente gleichzeitig als Rezeption.

Eine junge Frau, die so gekleidet war, dass man möglichst viel von ihren Tattoos sehen konnte, war als Bardame, Serviererin und Rezeptionistin tätig.

Allmen und María bestellten einen Kaffee. Als die Frau ihn brachte, fragte María: »Zwei Freundinnen von mir wohnen hier, Däninnen. Sind sie da?«

Sie sah zum Tresen hinüber, zu einem Brett an der Wand, an dem ein paar Schlüssel hingen. »Ja«, antwortete sie, »aber um diese Zeit schlafen die. Sie sind noch nicht lange zurück.«

María stand vom Tisch auf. »Ich schau mal nach. Welches Zimmer?«

»Die Vier. Aber auf deine Verantwortung.«

María ging zu einer Tür, auf der *»Servicios y Habitaciones«* stand, Toiletten und Zimmer, und verschwand.

Die Bar war leer bis auf einen alten Mann mit einer zerschlissenen Kapitänsmütze. Er hatte ein fast leeres großes Bierglas vor sich und daneben ein volles beschlagenes mit einer perfekten Schaumkrone.

Allmen sah ihm zu, wie er leicht angewidert den letzten Schluck vom ersten Glas trank und sich gleich mit einem stillen Lächeln dem frischen widmete.

Allmen bestellte auch ein Bier.

Vor der Bar befand sich eine von einer Hecke eingefasste Terrasse mit ein paar Gartentischen und -stühlen. Sie war voll besetzt von schwatzenden und lachenden Gästen in Badehosen und Bikinis.

Sie begannen, auf den Himmel zu deuten, der

von Allmens Platz aus nicht zu sehen war. Plötzlich veränderte sich das Licht. Die Schatten der Palmen und der Sonnenschirme verschwammen, und die ersten Gäste standen auf und kamen lachend in die Bar.

Ein harter Donnerschlag schreckte die übrigen auf. Sie nahmen ihre Gläser, kamen hereingerannt, besetzten die wenigen noch freien Plätze oder stellten sich an die Bar.

Der Kellner, der die Terrasse bediente, war dabei, die Sonnenschirme zu schließen, gab es aber plötzlich auf und rettete sich ebenfalls ins Innere.

Der Regen hatte begonnen, aber rasch wurde klar, dass es keine schweren Tropfen waren, sondern Hagelkörner. Sie trommelten auf die Blechtische und die vor dem Haus geparkten Autos.

In wenigen Minuten lag eine dicke Schicht vor dem Haus, wie eine Schneedecke. Die Gäste drängten sich an die Fenster und die noch immer offene Tür und zückten ihre Smartphones, um das Naturschauspiel zu fotografieren oder zu filmen. Sie redeten und kreischten durcheinander. »… August …«, war immer wieder in allen Sprachen zu hören.

Und dann plötzlich: »Don John?«

Hinter ihm stand María mit den zwei Däninnen. Beide sahen verstört aus und schienen geweint zu haben. Allmen erhob sich und begrüßte die beiden. Und schon saß ein junger Mann mit Pferdeschwanz auf seinem Stuhl und eine beinahe Unbekleidete auf seinem Schoß.

So plötzlich, wie das Hagelwetter begonnen hatte, so abrupt hörte es auf. Die Ruhe, die draußen einkehrte, übertrug sich auf die Menschen drinnen. Die Ansammlung begann, sich aufzulösen, die Bardame und der Kellner versuchten, den Überblick zu gewinnen, wer bezahlt hatte und wer das Durcheinander ausnutzte, um diskret zu verschwinden.

»Liv und Mynte sind einverstanden mitzukommen«, sagte María.

Die beiden nickten stumm.

Jaime war dabei, die Dellen auf Dach und Kühler des weißen SUV mit seinem Smartphone zu dokumentieren. Als er Allmen, María und die beiden Däninnen kommen sah, hörte er damit auf und öffnete die Türen.

»Zur Polizeistation«, befahl María knapp.

Über eine Stunde musste Allmen mit den beiden Mädchen warten, bis jemand Zeit für sie hatte. Die papierlose María hatte es vorgezogen, bei Jaime im Auto zu bleiben.

Als Allmen und die Mädchen endlich in ein

Büro gebeten wurden, mussten sie dort noch einmal lange warten, bis ein missmutiger Uniformierter den Raum betrat, sich hinter den Computer setzte und die Ausweise aller drei verlangte.

Erst als er erfuhr, was die beiden Däninnen zu berichten hatten, wurde sein Interesse geweckt. Er verließ den Raum, kam mit einem zivilen Beamten zurück und begann zu protokollieren:

Zwei Tage nach ihrem Besuch bei Freddy waren sie ihm wieder im »Nowhere« begegnet. Sie hatten die Bekanntschaft von zwei Spaniern gemacht, Pedro und Arturo. Freddy hatte alle vier mit nach Hause genommen.

Zwei Tage später hatte Mynte ein verheißungsvolles Telefongespräch mit Freddy geführt und ihn ins »Nowhere« gelockt. Unterdessen waren Pedro und Arturo nach Can Pep gefahren.

Die Mädchen hatten Streit mit Freddy bekommen, der sich mehr von diesem Rendez-vous versprochen hatte und frustriert nach Hause fuhr – zu früh. Liv hatte Pedro mit einer Textnachricht gewarnt, die sie aber am nächsten Tag als nicht zugestellt in ihren WhatsApp gefunden hatte.

Bei ihrem nächsten Treffen hatten Pedro und Arturo kaum etwas über den Einbruch erzählt, nur dass er sich nicht gelohnt hätte. Sie hatten für jede von ihnen ein kleines Mitbringsel, für Liv eine

Anstecknadel mit einem Wappen, das Allmen als Freddys Familienwappen erkannte. Für Mynte einen Seidenschal in den Farben der Charterhouse School.

Wie die Sache tatsächlich ausgegangen war, hatten die beiden Däninnen nicht erfahren. Aber jetzt, wo sie es wussten, waren sie natürlich bereit, die Polizei in jeder Hinsicht zu unterstützen.

3

María sprach den Satz aus, der Jaime auf keinen Fall hätte zu Ohren kommen dürfen. Allmen hatte es versäumt, sie zu warnen, dass sie das Thema vor Jaime geheim halten solle. Sie sagte zu Allmen: »Wenn Sie ihm verraten, wer den Fisch hat, sollte er eigentlich zufrieden sein.«

Noch während Allmen überlegte, wie er ihren Satz ungesagt machen könnte, wandte Jaime den Kopf und fragte: »Sie wissen, wer den Koi hat?«

Allmen zwinkerte María verzweifelt zu und antwortete: »Wir haben eine gewisse Vermutung.«

»Wer?«

María hatte verstanden und schwächte nun auch ab. »Verraten würden, meine ich. Wenn wir es wüssten.«

»Ach so«, sagte Jaime. Für den Rest der Fahrt blieb er nachdenklich.

Bajrush führte sie zu Garretts Lieblingsplatz am Teich. Er saß auf seinem aufblasbaren Kissen und fütterte einen bunten Knäuel aus Kois. Allmen drückte seine nasse knochige Hand und stellte María als seine PA vor, seine *personal assistant.*

»*What's new?*«, erkundigte er sich.

»Wir wissen jetzt, weshalb Boy nicht dort ist, wo ihn mein Partner gesehen hat.«

»Wo Ihr Partner glaubt, ihn gesehen zu haben«, erwiderte Garrett etwas sarkastisch.

María wehrte sich für Carlos: »*El Señor* de Leon hat ein hervorragendes Gedächtnis.«

»Auch nach einem Schlag auf den Kopf?«

María schwieg, und auch Allmen ging nicht darauf ein. »Fernando und Giacomo haben den Fisch abtransportiert.«

»Woher wissen Sie das?«

Allmen zögerte kurz: »Wir haben Zeugen.«

»Wen?«

Allmen zweifelte an der Glaubwürdigkeit einer Zeugenaussage von Vale und antwortete: »Zeugenschutz.«

Garrett nickte, Allmen wusste nicht, ob ernst oder ironisch. Aus einer Eingebung heraus fügte er hinzu: »Vielleicht weiß Ihr Koi-Pfleger Yuma mehr darüber.«

»Weshalb Yuma?«

»Er ist mit Fernando befreundet. Dem Koi-Pfleger von Gianinazzi.«

»Wie kommen Sie darauf?«

»Wir haben sie zusammen auf dem Markt gesehen.«

Garrett sah Bajrush an, der verzog keine Miene.

»Mein Partner hat ein Video davon.«

»Darf ich es sehen?«

Die Bitte brachte Allmen in Verlegenheit, aber María rettete ihn. Sie holte ihr Smartphone aus der Handtasche, tippte kurz darauf herum, fand die Marktszenen, die Carlos für sie aufgenommen und ihr geschickt hatte, und zeigte Garrett und Bajrush die Stelle. Die beiden wechselten einen Blick.

»Und nun?«, fragte Garrett. »Was empfehlen Sie?«

»Die Empfehlung von Allmen International Inquiries ist: die Polizei hinzuziehen.«

Garrett blickte fragend zu Bajrush hinauf, der mit verschränkten Armen neben ihm stand. Diesmal schüttelte er unmerklich den Kopf.

»Bajrush wird sich darum kümmern«, sagte er, zu Allmen und María gewandt. »Und Sie?«

»Wir würden uns dann zum Hauptsitz zurückbegeben.«

»Bajrush wird wie vereinbart die Piloten für Sie aufbieten.«

»Sehr liebenswürdig.«

»Sobald Boy wieder bei uns ist.«

Allmens »Selbstverständlich« ging ihm nicht so leicht über die Lippen.

María sah Allmen erwartungsvoll an. Als ihr klar wurde, dass er das Thema meiden wollte, übernahm sie: »Und die Honorarfrage?«

Garrett wiederholte: »Sobald Boy wieder bei uns ist.«

Der Weg hinauf zum Parking von Can Pes führte am großen Pool vorbei. Mit langen, eleganten Kraulzügen schwamm die nackte Akina ihre Bahnen. Als sie Allmen erblickte, lächelte sie ihm zu und hob eine Hand zum Gruß.

Allmen winkte zurück. María sah ihn mit einem amüsierten Lächeln an.

4

Carlos saß unter dem Feigenbaum in einem Deckchair. Auf dem kleinen schwenkbaren Tischchen an der Armlehne stand ein beschlagenes Glas mit viel Zitrone und Minze. Wenn Allmen nicht von seiner Abstinenz gewusst hätte, hätte er auf Mojito mit weißem Rum getippt.

»Wie geht es dir, *mi vida*?«, fragte María als Erstes.

»Gut. Und wie ist es euch ergangen?«

Sie statteten ihm einen ausführlichen Bericht ab. Nur einmal unterbrachen sie ihn: als Marta kam und Carlos' und Marías Glas mit Zitronen-Minze-Limonade und das von Allmen mit Mojito füllte.

Nachdem sie gegangen war, fragte María: »Misstraut ihr Marta?«

»Es ist mehr Jaime, bei dem wir nicht sicher sind.«

»Weshalb?«

Sie erzählten ihr von den zwei Männern in der Nacht und der nächtlichen Begegnung mit Jaime.

Sie schmunzelte. »Jaime wildert. Mit einem Kollegen. Mit Halogenlampen.«

»Woher weißt du das?«, wunderte sich Carlos.

»Von Marta. Wir haben über den Leichtsinn von Männern gesprochen. Du, der mit einer Gehirnerschütterung auf Verbrecherjagd geht. Und er, der nachts wildert.«

Allmen und Carlos nahmen die Information mit Haltung zur Kenntnis und fuhren mit dem Bericht fort.

Als sie geendet hatten, fragte Carlos: »Und wann fliegen wir nach Hause?«

Allmen zitierte Garrett: »Sobald Boy wieder bei uns ist.«

»Ich hoffe, das ist bald«, murmelte Carlos. Und dann fiel ihm etwas ein: »Ach ja, Señor Livehouse hat angerufen. Morgen legt Señor Torres die Teiche zusammen. Sie hätten gesagt, Sie hätten große Lust, das zu sehen.«

»Habe ich das gesagt?«

»*Sí,* Don John. Das haben Sie gesagt.«

Allmen sah María an.

»Nein, Don John«, sagte sie. »Wir nicht.«

5

Eine Stunde, schätzte Julio Torres, würde es noch dauern, bis der Wasserspiegel des neuen Teichs den des alten erreicht hatte. Erst dann würde er das Schleusentor zwischen den beiden öffnen können, ohne Turbulenzen zu riskieren, die die Kois in einen Schockzustand versetzen könnten.

Allmen, der Nachtmensch, trauerte der Stunde nach, die er zu früh aufgestanden war. Und den mindestens zwei anderen, die er sich deswegen zu früh schlafen gelegt hatte.

Es war jetzt kurz nach zehn und bereits zu heiß für seinen sandfarbenen Leinenanzug. Er war der einzige Mann mit langer Hose. Nie würde er Shorts oder Bermudas tragen, er fand kurze Hosen an Männern immer etwas lächerlich. Selbst Uniformträgern verliehen sie stets etwas Monty-Pythonhaftes.

Bill Livehouse, der seit Allmens Ankunft mit Julio Torres gefachsimpelt hatte, erbarmte sich nun seiner und kam zu ihm. »Sie hatten sich doch das letzte Mal für einen Tancho interessiert, und ich musste Sie enttäuschen.«

»Stimmt. Sie sagten, Tanchos seien überschätzt.«

»Oder überbezahlt. Jetzt hätte ich einen, der eher zur zweiten Sorte gehört. Ein Patient. Möchten Sie ihn sehen?«

Er führte Allmen zu einem kleinen kubischen Gebäude, das etwas abseits der Teiche lag. »Meine Krankenstation«, erklärte er lächelnd.

Im Inneren befanden sich an den Wänden Aquarien verschiedener Größen und am Boden oder auf Tischen Becken und Tanks.

»Hier, mein Quarantänebecken. Schauen Sie mal.«

Allmen beugte sich darüber. Das Wasser war wild bewegt vom Sauerstoff, der aus zwei Düsen stieg und um einen großen schneeweißen Koi mit einem kreisrunden roten Fleck auf der Schädelmitte sprudelte.

»Er stand unter Schock. Er zitterte, schoss hin und her und drehte sich um die eigene Achse. Und schauen Sie jetzt, wie ruhig er wieder ist.«

Allmen hatte seine Brieftasche gezückt, entnahm ihm das Foto von Boy und reichte es Livehouse.

Der warf ein paarmal einen Blick ins Becken und zurück auf das Foto. »Das ist er. Woher haben Sie das?«

»Von Percy. Er gehört ihm. Er wurde ihm gestohlen.«

»Das kann nicht sein. Gianinazzis Leute haben ihn mir gebracht. Er hatte einen Fangschock. Das passiert, wenn zu wenig Leute mit zu wenig Zeit einen Koi keschern.«

Der hagere, hilfsbereite Mann sah Allmen unsicher an.

»Zum Beispiel, wenn man es eilig hat, ihn zu stehlen?«

»Zum Beispiel.«

Laute, erregte Stimmen näherten sich. Jemand klopfte an die halboffene Tür. Bill Livehouse rief: *»Yes!«*

Bajrush stieß die Tür auf, und drei Männer stolperten herein: Fernando, Giacomo und Yuma. Alle drei waren übel zugerichtet, hatten geschwollene Augen, blaue Flecken, Schürfungen. Sie wurden bewacht von Burt, Bill Livehouses Koi-Pfleger, Yuki, Garretts zweitem Koi-Pfleger, und zwei Männern von Garretts Personal in weißen Hosen und marineblauem T-Shirt mit der Aufschrift »Can Pes«.

6

Keine drei Stunden später war Boy fachmännisch und in aller Ruhe nach Can Pes transportiert und in einem großen Inspektionsnetz mit Rahmen in seinem Teich ausgesetzt worden.

Ein Empfangskomitee aus Akina, Garrett und Yuki kniete am Teichrand neben ihm, fütterte ihn mit Häppchen und liebkoste ihn.

Allmen stand etwas betreten daneben und ertappte sich immer wieder dabei, mehr Augen für Akina zu haben als für den Fisch. Tränen kullerten über ihre Wangen, und sie murmelte immer wieder: *»Mon chéri, mon chéri.«* Sie streichelte den Fisch, und er schien sich an ihre Hände zu schmiegen.

Nur mit einem Ohr hörte er Bajrush zu, was Fernando – bestimmt alles andere als freiwillig – gestanden hatte:

Von Yuma hatten sie das Geheimnis erfahren,

dass Garrett einen Koi im Wert von über einer Million ersteigert hatte. Fernando und Giacomo hatten die Idee, ihn mit Yumas Hilfe zu stehlen und ihn zu verkaufen. Yuma ließ sie in der Nacht herein.

Dann geschah die Panne mit Carlos. Fernando erwischte ihn beim Indoor-Pool, schlug ihn nieder und schleppte ihn vor die Tür.

Damit ihr Boss, Vittorio Gianinazzi, nichts von der Sache erfuhr, musste der Koi noch in der gleichen Nacht verschwinden. Sie taten es unter Zeitdruck, Boy entwischte aus dem Inspektionsnetz, und bei der Treibjagd, die folgte, erlitt er einen Schock. Sie brachten ihn zu Bill Livehouse, dem Einzigen, der sich mit Kois unter Schock auskannte.

»Und dann seid ihr mit den Schurken zu Bill gegangen«, stellte Garrett fest. »Aber Mister von Allmen war euch zuvorgekommen und hatte Boy gefunden.«

Bajrush hob die Schultern.

Akina sah Allmen mit tränennassen Augen dankbar an und fragte: »Wie?«

»Sie werden verstehen, Madam, dass Allmen International Inquiries ihre Fahndungstechniken als Geschäftsgeheimnis behandeln.«

Sie nickte und widmete ihre Aufmerksamkeit wieder dem Fisch.

Garrett wandte sich nochmals an Allmen: »Wir beabsichtigen, diesen Erfolg morgen Abend mit einer kleinen Einladung zu feiern. Es wäre schön, wenn Sie Ihre Abreise um einen Tag verschieben könnten. Sie und Ihr Team müssen doch als Hauptbeteiligte dabei sein.« Und ohne Allmens Einverständnis abzuwarten, fügte er hinzu: »Kommen Sie etwas früher, damit wir das Administrative erledigen können.«

7

Es war der heißeste Tag seit Allmens Ankunft auf der Insel vor über zwei Wochen. Schon am Vormittag waren es über dreißig Grad gewesen, und die Luftfeuchtigkeit, sagte Jaime, sei bei knapp achtzig Prozent.

Es war auch Jaime, der vorschlug, Allmen und sein Team zum Strand zu fahren. Er kenne einen, an dem fast keine Leute seien. Alle drei lehnten ab. Carlos und María unter dem Vorwand von Carlos' Rekonvaleszenz, in Wahrheit aber, weil sie Nichtschwimmer waren. Allmen unter dem Vorwand diverser Managementaufgaben für Allmen International Inquiries, in Wirklichkeit, weil er kein Strandmensch war. Aus mehreren Gründen, wovon der wichtigste, wie er sich eingestehen musste, durchaus ein wenig mit Eitelkeit zu tun hatte. Er fand, sein Äußeres entspreche nicht mehr ganz dem Ideal des Badehosenträgers, und sah auch keinen Weg, dieses Manko garderobentechnisch auszugleichen.

So verbrachten sie den Tag in ihren Quartieren bei eingeschalteter Klimaanlage. Allmen las in den gesammelten Erzählungen von Somerset Maugham, einem Buch, das er auf jede Reise mitnahm.

Gegen Abend zog er den Smoking mit dem weißen Dinner Jacket an, den ihm Marta mit überraschender Sachkunde aufgebügelt hatte.

Die Einladung war auf Viertel nach acht angesetzt, aber auf Wunsch von Garrett sollten sie eine halbe Stunde früher dort sein.

Als Allmen durch die große Olivenholztür nach draußen ging, schlug ihm die schwüle Hitze entgegen. Jaime hatte den Wagen vor dem Haus geparkt und saß bereits hinter dem Steuer. María und Carlos gingen auch gerade darauf zu. Wie ein Brautpaar, schoss es Allmen durch den Kopf.

María trug ein weißes, schulterfreies und tiefdekolletiertes Kleid und weiße Bougainvilleablüten im Haar. Carlos den Smoking, den Allmen ihm in besseren Zeiten hatte schneidern lassen, für die formellen Einladungen, bei denen er als Maître d'Hôtel fungierte. Die schwarze Baseballmütze mit dem silbern glitzernden Logo »Nowhere« passte ganz gut dazu.

Das Paar setzte sich in den Fond, und Allmen musste sich mit dem ungeliebten Beifahrersitz abfinden, auf dem er sich immer wie ein Bodyguard vorkam.

Auf Can Pes liefen die letzten Vorbereitungen. In den Palmen hingen Girlanden aus LED-Birnen, die Eingangstür des Haupthauses war mit weißen Luftballons eingefasst, und auf beiden Seiten der Wege steckten noch nicht brennende Fackeln.

Der Pförtner brachte sie ins Haupthaus und führte sie in ein geräumiges Büro, auch dieses in Weiß eingerichtet, Garretts Lieblingsfarbe. Es lief laut *The Joshua Tree* von U2.

An einem großen Schreibtisch saß Percival Garrett mit geschlossenen Augen und öffnete sie erst, als der Pförtner rief: *»Excuse me, Sir!«*

Er brauchte einen Augenblick, bis er sich zurechtfand, und deutete dann auf die Stühle ihm gegenüber. Sie setzten sich.

»Hat Boy die Nacht gut überstanden?«, fragte Allmen, um irgendetwas zu sagen.

»Er ist glücklich, zu Hause zu sein«, antwortete Garrett. »Bringen wir das Pekuniäre hinter uns, ich muss mich noch umziehen. Bertram hat uns Ihre Konditionen zukommen lassen. Ich nehme an, Sie haben Ihre Spesen zusammengestellt, darf ich bitten?« Er streckte die Hand aus, María zog ein Klarsichtmäppchen heraus und reichte es ihm.

Garrett überblätterte die Details und suchte nur die Gesamtsummen. »Achttausendzweihundertzwölf«, murmelte er und notierte die Zahl. »Plus das Tageshonorar, zweitausend.«

María mischte sich ein. »Das ist der Tagessatz von Herrn von Allmen. Wir beide kamen nachträglich dazu. Je tausend.«

Garrett zuckte nicht mit der Wimper. »Das waren sechzehn Tage.«

Wieder María: »Für Herrn von Allmen siebzehn mit morgen. Für Herrn de Leon fünfzehn. Für mich fünf. Vierundfünfzigtausend.«

»Plus achttausendzweihundertzwölf«, murmelte Garrett, »macht zweiundsechzigtausendzweihundertfünfzehn.« Er notierte es.

»Plus die Erfolgsprämie«, ergänzte María. »Zwanzig Prozent von hundertdreiundzwanzig Millionen Yen«, sie blickte auf eine Notiz, »macht vierundzwanzig Millionen sechshunderttausend Yen. In Dollar ergibt das zweihundertfünfundvierzigtausenddreihundert Dollar beziehungsweise Schweizer Franken beim Kurs von eins zu eins.«

Garrett, der auch rechnen konnte, sagte: »Dreihundertsiebentausendzweihundertfünfzehn.«

»Sagen wir dreihunderttausend«, warf Allmen zum Entsetzen von María und Carlos ein.

Garrett blickte auf, lachte, bedankte sich, stellte einen Check über dreihunderttausend aus und schob ihn Allmen hinüber.

Die Stimmung zwischen Allmen und seinem Team an der Indoor-Bar – für outdoor war es zu heiß – war etwas angespannt. Sie warteten auf die übrigen Gäste, und María und Carlos nahmen ihrem Chef die großzügige Geste übel, mit der er das Honorar des steinreichen Garrett abgerundet hatte.

Allmen unterhielt sich mit Cesare, dem Barmann. Sie fachsimpelten über Cocktails, die Vorzüge des Gimlets gegenüber dem Cosmopolitan oder was im Gin Fizz besser schmecke, Lime oder Lemon.

Punkt Viertel nach acht kamen die Radclyffes. Lady Radclyffe mit etwas volleren Lippen als zuvor, wie es Allmen schien. Und ihr Mann Rupert ganz allgemein ein bisschen voller.

Kurz darauf wurde Percy Garrett von Bajrush gebracht. Links gestützt und rechts am Stock. Die Lady begrüßte ihn mit etwas zu viel Mitgefühl.

Vittorio Gianinazzi kam als Nächster. Er war in

Begleitung einer sehr jungen Frau, die seine Enkelin hätte sein können und die niemand kannte. Er stellte sie als Luana vor.

Bill Livehouse kam alleine. Allmen hatte den Eindruck, er sei etwas angetrunken.

Die Damen trugen alle sehr freizügige, sehr sommerliche Haute Couture, die Herren Smokings oder Dinner Jackets. Außer Garrett. Er steckte in einer schneeweißen goldbetressten Kapitänsuniform mit offenem Rüschenhemd, das seine eingefallene tätowierte Brust und seine Halsketten zeigte.

Akina kam als Letzte und wurde von Applaus empfangen und beglückwünscht. Alle wussten, dass die Einladung zu Ehren ihres wiedergefundenen Kois stattfand.

Sie trug ein enges weißes Kleid und ein weißes Kopftuch mit einem kreisrunden roten Fleck.

Der Tisch war für zehn Personen gedeckt und mit weißen Lilien und rotem Mohn geschmückt. Die Tischkärtchen waren ausgestanzte Tancho-Kois. Allmens Name stand auf dem links von Akina.

Es lief *For Your Pleasure* von Roxy Music. Allmen vermutete, dass Garrett auch hier eine Rolle als Produzent gespielt hatte. Er stand hinter seinem Stuhl und setzte sich, als alle Damen saßen.

Zwei Kellnerinnen, die Allmen von seinem letzten Besuch kannte, brachten den ersten Gang.

Es waren in Olivenöl marinierte und damit auch injizierte frische Feigen, die gegrillt und mit heißer Carrageen-Mayonnaise serviert wurden. Dazu füllte Cesare die Champagnerkelche mit Roederer Cristal.

Garrett versuchte, sich vom Stuhl zu erheben, Bajrush, der von seinem üblichen Beobachtungsposten zusah, eilte herbei und half ihm.

»Liebe Freunde, liebe Gäste, liebe Retter und Beschützer, geliebte Akina«, dabei sah er Allmen an, »lasst uns anstoßen auf die Schönheit, die Wahrheit und die Tugend. Lasst uns trinken auf die Vollendung der Natur und die Perfektion der Kunst.«

Nach diesem etwas wirren Toast nippte er an seinem Glas und wünschte guten Appetit. Die Gäste stießen an und begannen zu essen, unter vielstimmigem Mmmmmh und Ooooh.

Lady Radclyffe riss die Konversation der oberen Tischhälfte an sich, schwärmte für Percys unvergleichlichen Koch, schwor, dass sie alles – ALLES – tun würde, um ihn abzuwerben. Allmen unterhielt sich mit seinem Gegenüber, Bill Livehouse, der sich über die Vorzüge seines neuen Doppelteichs ausließ und ihm Julio Torres unbedingt ans Herz legte, sobald er ein geeignetes Haus oder Grundstück gefunden habe.

Garrett sprach nicht. Er schien versunken in die Musik und gab Bajrush ein Zeichen, sie etwas lauter zu stellen.

Der zweite Gang war eine spanische Interpretation von Nigiri. Auf einem warmen Sockel aus in Weißweinessig und Honig mariniertem Reis lagen hauchdünn geschnittene Sashimi aus Lammrücken, mit einem Pinselstrich Sorabasaöl.

Der Gang wurde mit Stäbchen gegessen, und Allmens Verdacht, dass Bill Livehouse etwas beschwipst war, schien sich zu bestätigen. Eine der Serviererinnen brachte ihm diskret Messer und Gabel.

Cesare hatte im Hintergrund Alvaro Palacios L'Ermita 2012 dekantiert, während Allmen plötzlich Akinas Oberschenkel spürte, der gegen seinen drückte.

Er bewegte das Bein etwas beiseite, aber sie folgte ihm.

Allmen fing einen Seitenblick von Garrett auf und den Anflug eines Lächelns.

Unbeachtet von der Tafelrunde war die Sonne untergegangen. Durch die Glasfront waren Lichterketten und Fackeln zu sehen und der rötliche Streifen des Horizonts.

Luana, Gianinazzis junge Brasilianerin, war jetzt laut geworden. Sie war wie Akina beim Champagner geblieben, den sie offenbar noch nicht so gewohnt war. Ihr lautes Lachen irritierte Lady Radclyffe. Wohl auch, weil es ihrem Gemahl, Rupert, offenbar sehr gefiel.

Es wurden tennisballgroße Goldkugeln gebracht, die mit fermentiertem schwarzem Knoblauch bestreut und heißer Misobrühe angegossen waren. Als Allmen sie anschnitt, floss eine dickflüssige Suppe aus Geflügelfond, Zitrone und grünen Mandeln heraus und vermischte sich mit dem Miso.

María und Carlos schienen sich nicht sehr wohl zu fühlen. Sie waren die Einzigen, die kaum Englisch sprachen, und das Spanisch ihrer Nachbarn und Gegenüber ließ ebenfalls zu wünschen übrig. Sie sprachen ein wenig miteinander, aber für Allmen sah es mehr nach Konversation als nach Unterhaltung aus.

Der Sommelier dekantierte nun feierlich zwei Flaschen Château Haut-Brion 2005 1er cru classé, und die beiden Kellnerinnen räumten das Gedeck des letzten Gangs ab und legten neues auf.

Garrett klingelte mit einem Messer an ein leeres Kristallglas. Als es still war, verkündete er: »Liebe Freunde, liebe Gäste, geliebte Akina: Haruto, der beste Koch der Welt, präsentiert sein Meisterwerk und widmet es meiner Akina!«

Haruto, der japanische Koch, betrat nun den Saal, gefolgt von den zwei Serviererinnen. Sie schoben einen verchromten Servierwagen, auf dem sich eine große ovale Platte mit einer ovalen gläsernen Cloche befand.

Was darunter lag, war nicht zu erkennen, ein dichter Rauchschleier verwehrte die Sicht darauf.

Mit Hilfe der beiden Frauen hob Haruto die Platte vom Wagen und stellte sie auf die Mitte des Tischs.

Langsam senkte sich der Rauch und gab den Blick frei auf einen schneeweißen Fisch.

Einen kurzen Moment erschrak Allmen, denn er sah aus wie Boy. Aber erleichtert stellte er fest, dass er keinen roten Fleck hatte.

Haruto hob nun die Cloche ab. Der herrliche Duft von Zarina-Rauch breitete sich aus. Aus der Musikanlage erklang plötzlich, hart und laut, *Liar* von den Sex Pistols.

Der Koch begann, den schönen Fisch von der Schwanzflosse her zu zerlegen und die Portionen auf vorgewärmte Teller zu verteilen. Die Serviererinnen stellten einen nach dem anderen zwischen das Besteck jedes Gastes, zu welchem auch silberne Pinzetten für die Gräten gehörten.

Jeder Gast hatte jetzt seine Portion, und der Fisch lag als Skelett auf der Tischmitte. Nur noch der Kopf war intakt.

Und Johnny Rottens Punk-Stimme schrie:

Lie lie lie lie you liar
You lie lie lie, tell me why
Tell me why, why d'you have to lie

Haruto nahm ein kleines Messer vom Servierwagen. Er setzte es an einer Stelle am Kopf des Fisches an, erfasste damit ein Stück der weißen Haut und hob sie langsam und vorsichtig ab.

Darunter kam ein kreisrunder roter Fleck zum Vorschein.

Ein Raunen ging durch die Tischrunde. Vor ihnen lag der Kopf eines perfekten Tanchos.

Wieder setzte Haruto das kleine Messer an.

Er hob eine Stelle des roten Flecks an und löste ihn langsam ab.

Darunter glitzerte Kaviar.

Haruto nahm einen Hornlöffel und begann, großzügige Portionen davon auf zehn weiße Porzellantellerchen zu verteilen.

Das erste erhielt Akina.

Sie stand auf, nahm das Tellerchen, warf es gegen die Scheibe und rannte hinaus.

Garrett lachte auf. Sein Lachen ging in einen Hustenfall über, der anhielt, bis Bajrush herbeieilte und ihm einen Löffel seiner Medizin einflößte.

»Guten Appetit«, wünschte Percival Garrett, als er wieder sprechen konnte. Aber niemand hatte mehr Lust, seinen Kaviar zu essen. Rasch löste sich die betretene Gesellschaft auf.

Beim Abschied raunte Garrett Allmen lächelnd etwas zu.

8

Steil hob die Dassault Falcon vom Flughafen Ibiza ab und überflog die Insel. Als Allmen einmal aus dem Fenster hinunterschaute, zog sich dort ein schwarzer Hügelzug mitten durch die grünen.

Er wandte sich wieder der Lektüre des *Diario de Ibiza* zu. Sein Blick fiel auf das Bild von zwei jungen Männern in Handschellen. Einen hatte er schon einmal gesehen, er wusste nicht mehr, wo.

In der Bildunterschrift stand, dass es der Polizei gelungen sei, die Mörder des englischen *resident* Freddy Turnbill zu verhaften.

Sobald sie die Reiseflughöhe erreicht hatten, kam die japanische Flugbegleiterin und fragte, was er trinken wolle.

Er bat um einen Campari Soda.

Carlos, der noch immer ein wenig unter den Folgen der Gehirnerschütterung litt, begab sich in den mit feinen Bambuslamellen abgetrennten Schlafraum.

María setzte sich Allmen gegenüber. »Eines interessiert mich doch noch, Don John. Was hat Señor Garrett Ihnen beim Abschied gesagt?«

»Er sagte: Rache ist süß. Wenn auch manchmal verdammt teuer.«

Dank

Ich danke dem wunderbaren Koch Heiko Antoniewicz herzlich für das Erfinden und Beschreiben seiner überraschenden spanisch-japanischen Rezepte.

Martin Suter im Diogenes Verlag

Small World

Roman

Erst sind es Kleinigkeiten: Konrad Lang, Mitte sechzig, stellt aus Versehen seine Brieftasche in den Kühlschrank. Bald vergisst er den Namen der Frau, die er heiraten will. Je mehr Neugedächtnis ihm die Krankheit – Alzheimer – raubt, desto stärker kommen früheste Erinnerungen auf. Und das beunruhigt eine millionenschwere alte Dame, mit der Konrad seit seiner Kindheit auf die ungewöhnlichste Art verbunden ist.

»Fesselnd. Eine der großen Qualitäten von Martin Suters Roman liegt in der Präzision, mit der er die Krankheit und Umgebung beschreibt, und in der Gelassenheit, mit der er die Geschichte langsam vorantreibt.« *Le Monde, Paris*

Auch als Diogenes Hörbuch erschienen,
gelesen von Dietmar Mues

Die dunkle Seite des Mondes

Roman

Starwirtschaftsanwalt Urs Blank, fünfundvierzig, Fachmann für Fusionsverhandlungen, hat seine Gefühle im Griff. Doch dann gerät sein Leben aus den Fugen. Ein Trip mit halluzinogenen Pilzen führt zu einer gefährlichen Persönlichkeitsveränderung, aus der ihn niemand zurückzuholen vermag. Blank flieht in den Wald. Bis er endlich begreift: Es gibt nur einen Weg, um sich aus diesem Alptraum zu befreien.

»Eine gründlich recherchierte, präzise, elegant und humorvoll geschriebene Geschichte. Martin Suter bietet ein Optimum an Belehrung, Spannung und Vergnügen.« *Friedmar Apel / Frankfurter Allgemeine Zeitung*

»Das Buch ist spannend wie ein Thriller und trifft wie ein Psycho-Roman – eine ungewöhnliche Variante von *Dr. Jekyll und Mr. Hyde.*« *Brigitte, Hamburg*

Auch als Diogenes Hörbuch erschienen,
gelesen von Gert Heidenreich

Ein perfekter Freund

Roman

Durch eine rätselhafte Kopfverletzung hat der Journalist Fabio Rossi eine Amnesie von fünfzig Tagen. Als er seine Vergangenheit zu rekonstruieren beginnt, stößt er dabei auf ein Bild von sich, das ihn zutiefst befremdet. Er scheint merkwürdige Dinge getan, ein seltsames Verhalten an den Tag gelegt zu haben in jener Zeit. Aber offenbar gibt es Leute, denen es lieber wäre, jener Fabio bliebe ausgelöscht.

»In Martin Suters *Ein perfekter Freund* hungern die Leser nach Informationen wie die Hauptfigur. Jedes neue Häppchen wird stilvoll serviert: keine Schnörkel, keine langatmigen Beschreibungen, viele, aber keine überflüssigen Details. Handlung ist Trumpf, Suter das As.« *Frankfurter Rundschau*

Lila, Lila

Roman

So rein wie die Liebesgeschichte, die er als Manuskript in einem alten Nachttisch findet, sind auch Davids Gefühle für Marie. Und er möchte ihre Liebe, um jeden Preis. Dafür muss er ein anderer werden als der, der er ist. David schlüpft in eine Identität, die ihm irgendwann über den Kopf wächst.

»Wie stets bei Martin Suter geht es auch in seinem wunderbar geschriebenen Roman *Lila, Lila* um den Verlust von Identität. Suter packt einen von der ersten Seite an. Unbedingt lesen!« *Brigitte, Hamburg*

Lila, Lila wurde 2009 von Alain Gsponer mit Daniel Brühl, Hannah Herzsprung und Henry Hübchen in den Hauptrollen verfilmt.

Auch als Diogenes Hörbuch erschienen,
gelesen von Daniel Brühl

Der Teufel von Mailand

Roman

Sonias Sinne spielen verrückt: Sie sieht auf einmal Geräusche, schmeckt Formen oder fühlt Farben. Ein Aufenthalt in den Bergen soll ihr Gemüt beruhigen, doch das Gegenteil tritt ein: Im Spannungsfeld von archaischer Bergwelt und urbaner Wellness, bedrohlichem Jahrhundertregen und moderner Telekommunikation beginnt ihre überreizte Wahrnehmung erst recht zu blühen – oder gerät die Wirklichkeit aus den Fugen?

»Hochspannender Stoff, angerichtet mit der für den Schweizer Bestsellerautor Martin Suter so typischen Milieukenntnis, die dem Roman die wunderschönen Boshaftigkeiten schenkt.«
Verena Lugert/Neon, München

Auch als Diogenes Hörbuch erschienen,
gelesen von Julia Fischer

Der letzte Weynfeldt

Roman

Adrian Weynfeldt, Mitte fünfzig, Junggeselle, großbürgerlicher Herkunft, Kunstexperte bei einem internationalen Auktionshaus, lebt in einer riesigen Wohnung im Stadtzentrum. Mit der Liebe hat er abgeschlossen. Bis ihn eines Abends eine jüngere Frau dazu bringt, sie – entgegen seinen Gepflogenheiten – mit nach Hause zu nehmen. Am nächsten Morgen steht sie außerhalb der Balkonbrüstung und droht zu springen. Adrian vermag sie davon abzuhalten, doch von nun an macht sie ihn für ihr Leben verantwortlich. Weynfeldts geregeltes Leben gerät aus den Fugen – bis er schließlich merkt, dass nichts ist, wie es scheint.

»Martin Suter spinnt und spannt über Adrian Weynfeldt ein höchst intrigantes, höchst elegantes, cooles Netz um Kunstmarkt, Kunst und Lebenskunst.«
Elmar Krekeler / Die Welt, Berlin

Auch als Diogenes Hörbuch erschienen,
gelesen von Gert Heidenreich

Der Koch

Roman

Maravan, 33, tamilischer Asylbewerber, arbeitet als Hilfskraft in einem Zürcher Sternelokal, tief unter seinem Niveau. Denn Maravan ist ein begnadeter, leidenschaftlicher Koch. Als er gefeuert wird, ermutigt ihn seine Kollegin Andrea zu einem Deal der besonderen Art: einem gemeinsamen Catering für Liebesmenüs. Anfangs kochen sie für Paare, die eine Sexualtherapeutin vermittelt. Doch der Erfolg von *Love Food* spricht sich herum, und eine viel zahlungskräftigere Klientel bekundet Interesse: Männer aus Politik und Wirtschaft – und deren Grauzonen.

»Martin Suter erzählt umstandslos, geschliffen, handwerklich so brillant, dass Neider es als konventionell abqualifizieren müssen.« *Die Weltwoche, Zürich*

Auch als Diogenes Hörbuch erschienen,
gelesen von Heikko Deutschmann

Die Zeit, die Zeit

Roman

Ist es verrückt, wenn einer glaubt, die Zeit lasse sich »zurückdrehen«? Es ist verrückt, denkt Peter Taler anfangs, als er das Vorhaben des alten Knupp begreift, der ihm gegenüber wohnt. Denn der möchte etwas denkbar Unmögliches möglich machen.

»Wie immer genial konstruiert. Ein Roman, der zum Denken anregt und unsere Welt für einen Moment auf den Kopf stellt. Ein absolutes Muss für alle Suter-Fans und die, die es werden wollen.«
Nicole Abraham / HR1, Frankfurt am Main

Auch als Diogenes Hörbuch erschienen,
gelesen von Gert Heidenreich

Montecristo

Roman

Ein Personenschaden bei einer Fahrt im Intercity und zwei Hundertfrankenscheine mit identischer Seriennummer: Auf den ersten Blick hat beides nichts miteinander zu tun. Auf den zweiten Blick schon. Und Videojournalist Jonas Brand ahnt bald, dass es sich nur um die Spitze eines Eisbergs handelt. Ein aktueller, hochspannender Thriller aus der Welt der Banker, Börsenhändler, Journalisten und Politiker – das abgründige Szenario eines folgenreichen Finanzskandals.

»Der Wirtschaftskrimi *Montecristo* ist ein Meisterwerk der Desillusionierung.«
Christopher Schmidt / Süddeutsche Zeitung, München

»Seinem eleganten Stil mit geschliffenen Dialogen bleibt der Autor auch in *Montecristo* treu.«
Franziska Wolffheim / Spiegel Online, Hamburg

Auch als Diogenes Hörbuch erschienen,
gelesen von Wanja Mues

Elefant

Roman

Ein Wesen, das die Menschen verwirrt und bezaubert: ein kleiner rosaroter Elefant, der in der Dunkelheit leuchtet. Plötzlich ist er da, in der Höhle des Obdachlosen Schoch, der dort seinen Schlafplatz hat. Wie das seltsame Geschöpf entstanden ist und woher es kommt, weiß nur einer: der Genforscher Roux. Er möchte daraus eine weltweite Sensation machen. Allerdings wurde es ihm entwendet. Denn der burmesische Elefantenflüsterer Kaung, der die Geburt des Tiers begleitet hat, ist der Meinung, etwas so Besonderes müsse versteckt und beschützt werden.

»*Elefant* zeigt Suter wie so oft als souveränen Erzähler, der seine Figuren mit der für ihn so typischen Beiläufigkeit in wenigen Sätzen zum Leben erweckt. Eine ebenso packende wie anrührende Geschichte. Showdown inklusive.«
Kester Schlenz / stern, Hamburg

»Zauberhaft!« *Madame, München*

»Mit seinem Gespür für Themen, die die Menschen bewegen, hat Martin Suter oft den Nerv der Zeit getroffen oder war gesellschaftlichen Entwicklungen sogar voraus.« *Ralf Bosen / Deutsche Welle, Bonn*

Auch als Diogenes Hörbuch erschienen, gelesen von Gert Heidenreich

Außerdem erschienen:

Allmen und die Libellen
Roman
Auch als Diogenes Hörbuch erschienen, gelesen von Gert Heidenreich

Allmen und der rosa Diamant
Roman
Auch als Diogenes Hörbuch erschienen, gelesen von Gert Heidenreich

Allmen und die Dahlien
Roman
Auch als Diogenes Hörbuch erschienen, gelesen von Gert Heidenreich

Allmen und die verschwundene María
Roman
Auch als Diogenes Hörbuch erschienen, gelesen von Gert Heidenreich

Allmen und die Erotik
Roman
Auch als Diogenes Hörbuch erschienen, gelesen von Gert Heidenreich

Allmen und der Koi
Roman
Auch als Diogenes Hörbuch erschienen, gelesen von Gert Heidenreich

Business Class
Geschichten aus der Welt des Managements

Business Class
Neue Geschichten aus der Welt des Managements

Richtig leben mit Geri Weibel
Sämtliche Folgen. Geschichten

Huber spannt aus
und andere Geschichten aus der Business Class

Unter Freunden
und andere Geschichten aus der Business Class

Das Bonus-Geheimnis
und andere Geschichten aus der Business Class

Abschalten
Die Business Class macht Ferien

Alles im Griff
Eine Business Soap
Auch als Diogenes Hörbuch erschienen, gelesen von Stefan Kurt

Cheers
Feiern mit der Business Class
Auch als Diogenes Hörbuch erschienen, gelesen von Stefan Kurt

Business Class
Geschichten aus der Welt des Managements. Liveaufnahme von Martin Suters Lesung im Casinotheater Winterthur im Okober 2006
Diogenes Hörbuch, 1 CD

Unter dem Strich
und andere Geschichten aus der Business Class
Diogenes E-Hörbuch, 1 CD, live gelesen von Martin Suter

Stephan Eicher & Martin Suter
Song Book
CD und Buch

Martin Suter & Benjamin von Stuckrad-Barre
Alle sind so ernst geworden